Homöophorie

POLARISE

Praani Sangh

Homöophorie

POLARISE

Über Praani Sanghs Leben ist wenig bekannt. Er gab selbst an, am 30. Januar 1948 in Neu-Delhi geboren zu sein. Sein Vater schien Lehrer an einer privaten indischen Eliteschule gewesen zu sein, an deren Unterricht Sangh wohl partizipieren durfte. Sangh wirkte im jüngeren Leben als Prediger und konnte auf die Zuwendung seiner vielen JüngerInnen zählen. Gefragt nach dem, was war, sprach er stets ausweichend über seine niederen Entwicklungsstufen auf dem Weg zu einer großen Seele.

Homöophorie und Totemtierblut-Coaching

Die revolutionäre neue Lehre, wie sich die starken Heilwirkungen der Homöopathie, der Bachblüten und der Schüßler-Salze durch morphische Resonanz erklären lassen und wie man durch Tierblut-Globuli gesunde Menschen wie Dich zu erfolgreichen Persönlichkeiten erwachsen lässt

Praani Sangh†

Überblick:

Dieses Büchlein präsentiert eine neue, schon bewährte Therapie in der Tradition von Hahnemanns Homöopathie mit dem Zweck, Menschen in ihrer Persönlichkeit wachsen zu lassen. Fast wichtiger noch als diese neue Therapie der Homöophorie ist die Tatsache, dass im Laufe ihrer Erfindung und Entwicklung eine Erklärung für die Wurzel ihrer Wirkweise gefunden werden konnte: die morphische Resonanz zwischen Menschen mit gleichen Problemen, Sehnsüchten oder Charakteren. Die Wissenschaft hat solche zwischenmenschlichen Resonanzphänomene nie betrachten können, weil sie im selbstgewählten Gefängnis der Einzelmenschenanalyse arbeitet. Wir wollten vor allem Menschengruppen helfen und haben dabei die Wahrheit gefunden. Unsere Erklärung ist so mächtig, dass sie sich auf die Klasse aller bisherigen homöopathischen Therapien anwenden lässt. Noch revolutionärer: Die neu erlangten Einsichten in die Wirkweise enthalten beträchtliche Möglichkeiten und Schritte, alle bisherigen Therapien in ihrer Wirksamkeit erheblich zu steigern. Sie lassen sich so fundamental in der Wirkung verbessern, dass die hier präsentierten Erkenntnisse große ideelle, geschäftliche und quasi-religiöse Veränderungen auf dem Gebiet der ganzen Homöopathie und des menschlichen Lebens überhaupt einleiten werden. Das wird Ängste und Widerstände bei den bisherigen Heilverfahrensprotagonisten auslösen. Diese Publikation stellt dafür einen Lackmustest dar.

Kurzinhalt:

Homöophorie lässt den Gesunden erblühen, während Homöopathie den Kranken heilt. Die erstere Therapie beginnt, wo die letztere befriedigt aufhört. Homöophorie verstärkt positive Züge des Menschen bis hin zur Euphorie, während Homöopathie die kranken Triebe schwächt und aufhebt.

»Homöopathie bringt zum Verschwinden, was nicht sein soll, die Homöophorie aber lässt entstehen, was wir realistisch erhoffen können.«
(P. Sangh†)

Homöophorie entwickelt den Menschen. Sie entdeckt seine Potenziale und hilft therapeutisch, diese voll zu entfalten. Homöophorie und Homöopathie fußen auf ähnlichen, aber in Teilen verschiedenen fundamentalen Konzepten:

Homöopathie heilt den Kranken als Mensch, nicht nur die Krankheit an sich. Homöophorie entwickelt den Menschen als Mensch, sie stärkt ihn nicht nur.

Auch die Methoden entsprechen sich und leiten sich von Samuel Hahnemann her:

Imperativ der Homöopathie: *Bekämpfe Gleiches mit Gleichem! (Similia similibus)*
Imperativ der Homöophorie: *Fördere Gleiches mit Gleichem!*

Die Homöophorie-Konzepte, wie wir sie im Folgenden darstellen, haben sich nach frustrierend langer Erprobungszeit zunehmend und schließlich überraschend erfolgreich gezeigt – beinahe sind wir versucht, das Wort »sensationell« zu verwenden. Wir wollten es keineswegs bei der erfolgreichen Entwicklung der Homöophorie belassen, sondern zermarterten uns die ganze Zeit über das Hirn, warum wir so erfolgreich werden konnten. Schließlich fanden wir eine sehr plausible und ganzheitlich befriedigende Erklärung, die sich auf die Annahme morphogenetischer bzw. morphischer Felder stützt (Rupert Sheldrake) und die Entdeckung der Nachrichtenleitfähigkeit des Wassers (Masaru Emoto) einbezieht.

Wir erkannten: Die starken Potenzierungen (Verdünnungen), wie sie unabhängig voneinander von Homöopathen, Bachblüten-Experten oder Schüßler-Salze-Therapeuten aus unterschiedlichen Gründen verwendet werden, führen zu starken morphischen Feldern bzw. zu extremer morphischer Resonanz zwischen gleichartig Kranken oder gleichartig Glücksuchenden.

Diese fundamental neue Erkenntnis hat Konsequenzen für alle klassischen Heilungslehren, die mit Potenzierungen arbeiten. Wir begriffen, dass es zur Steigerung der Wirksamkeit einzig und allein auf die Stärke der globalen morphischen Resonanz gleichartig Fühlender ankommt. Leider schwinden die globalen morphischen Resonanzen, wenn unwürdige Menschen diese stören, indem sie »alle möglichen Globuli ohne therapeutischen Sinn und ohne ärztliche Begleitung in sich hineinstopfen«. Solche sinnlose Verwendung hoch potenzierter Mittel wirkt auf die globalen Resonanzfelder wie das Einbrechen von lauten, aufdringlichen Touristen in eine Kirche auf die Andacht, die gerade viele Menschen dort halten. Es wird auch klar, dass die heilenden Resonanzen nur schwach sind, wenn es zu viele morphische Felder nebeneinander gibt, die durch das unsinnige Aufblähen der Anzahl homöopathischer Mittel entstehen. Davor warnte schon Hahnemann ahnungsvoll zu seinen Lebzeiten: Exzessiv viele Wirkstoffe »verzetteln« die morphischen Resonanzfelder.

Zurzeit listen die gängigen Internetforen und Lexika 200 bis 300 verschiedene Substanzen für homöopathische Anwendungen auf, dazu kommen unzählige Mischformen, sogenannte »Komplexmittel«. Bachblütenanhänger verwenden auf der anderen Seite vielfach nur das Notfallmittel »Rescue« (»Rescue-Tropfen«), weil es gegen »alles« zu helfen scheint, aber genau dies lässt die morphische Resonanz vollkommen diffundieren.

Wir rufen hier auf, die Geschäftsinteressen der homöopathischen Industrie zurückzustellen und zu den Ursprüngen zurückzukehren. Man darf global nicht zu viele morphische Felder aufbauen – so wie es in den Anfängen Hahnemann, Bach und Schüßler noch richtig gemacht hatten.

Alte Homöopathie: *Heile das Individuum.*
Neue Homöopathie: *Heile eine Gruppe Gleichartiger in morphischer Resonanz.*
Homöophorie: *Fördere eine Gruppe Gleichartiger in morphischer Resonanz.*

Einleitung

Dieses Büchlein gibt die unvollendet gebliebene Lehre des möglicherweise verstorbenen Praani Sangh wieder. Praani, der den Homöopathiebegründer Samuel Hahnemann fast wie einen Gott verehrte, experimentierte ursprünglich unermüdlich mit sozial schwachen, aber eigentlich sehr gesunden Menschen in Indien, um ihnen zu einem wirklich erfüllten Leben zu verhelfen. Seine Wunschbluttherapie (so bezeichnete er sie damals noch, heute verwenden wir das Wort Homöophorie) wollte zuerst nicht richtig anschlagen, sie wurde aber langsam immer wirksamer, ohne dass er je größere Veränderungen an seiner Methode vorgenommen hätte.

»Sie wirkt jetzt besser, als ich je erwarten konnte, immer besser, es fühlt sich wie Zauberei an, aber ich verdanke es vor allem euch«, lächelte er selig. »Bald kann Gott mein Lebenswerk segnen und mich zu sich nehmen.«

»Ich will nicht den Kranken heilen, ich will den Gesunden zum Blühen bringen.«

Viele solcher an sich einfacher Gedanken begannen wir damals bei seinen ausgedehnten »Wallfahrtbesuchen« in Köthen (Anhalt) zu diskutieren, wobei Praani wirklich aufblühte und sich mit Feuer in den Augen über das Wunder der stetig wachsenden Wirksamkeit begeisterte.

Eine kurze Erklärung zu »Köthen«: Bekanntlich wohnte Hahnemann während seiner fruchtbarsten und bedeutendsten Schaffensperiode in Köthen (1821–1834), wo heute noch sein damaliges Wohnhaus besichtigt werden kann. Ganz in der Nähe dieses Hauses ist jetzt die wundervolle Europäische Bibliothek für Homöopathie über viel besuchten Tagungsräumen eingerichtet. Köthen bezeichnet sich nach seinem großen Sohn heute oft als Welthauptstadt der Homöopathie. In Köthen befindet sich auch die *Neue Fruchtbringende Gesellschaft zu Köthen/Anhalt e. V. – Vereinigung zur Pflege der deutschen Sprache*, von der Praani ebenfalls sehr angetan war. Er legte Wert auf eine gute deutsche Sprache, hatte aber sein Deutsch – leider – vornehmlich aus den Werken Hahnemanns aufgesogen, bei deren Lektüre man heute schon Übersetzungen heranziehen könnte – betrachtet man ihre komplizierte Diktion. Es gibt seit langem schon eine Art Übertragung »ins Deutsche« von Hahnemanns Werk *Organon 6 der Heilkunst* durch Günter Macek. In der Beschreibung dieser »zweisprachigen Ausgabe« heißt es: »Allerdings bleibt dieses grundlegendste Werk der Homöopathie vielen Homöopathen verschlossen – wegen der ungewohnten Ausdrucksweise, vielfach verschachtelten Sätzen über mehrere Seiten und einer auf den ersten Blick nicht erkennbaren Gliederung.« Etwas weniger ehrfürchtig: Hahnemann besaß kein Sprachtalent und konnte seine Ideen nicht organisiert und systematisch zu Papier bringen, und dieser Mangel hatte sich mit der Zeit auf Praani übertragen. Seine Versuche, eigene Erkenntnisse zu publizieren, scheiterten an der Kritik von Verlagslektoren, die er sehr persönlich nahm. Wir nehmen seine abgebrochene Arbeit mit diesem Büchlein auf und ehren Praani als dessen eigentlichen Verfasser. Alle unsere Gedanken sind bei ihm und von ihm.

Zurück zur Europäischen Bibliothek für Homöopathie: Für Praani wurde es besonders in den letzten Jahren vor seinem spurlosen Verschwinden immer wichtiger, die dortige Literatur zu sichten, weil er sich mit Erklärungen quälte, die seine Homöophorie betrafen.

Wie konnte es sein, dass seine Therapie über Jahrzehnte hinweg – immer *dieselbe* Therapie – bei Menschen zunehmend *besser* anschlug? Und das, obwohl Praani mit der Häme über den Misserfolg seiner frühen Jahre fertigwerden musste? Dieser »indische Tierbluthahnemann« P. Sangh musste sich wie jeder revolutionäre Pionier lange Zeit in Indien als Scharlatan beschimpfen lassen – eine Phase, die schließlich alle Naturtherapeuten zur Genüge kennen. Die klassische Medizin wütete historisch stets umso stärker gegen die Heilkunst von Hahnemann, Bach oder Schüßler, je mehr Heilerfolge diese Protagonisten nachweisen konnten. In

Deutschland ist die Feindseligkeit der Kritiker gegen alles Homöopathische fast schon radikal, wahrscheinlich weil schließlich etliche einsichtige Krankenkassen die Kosten für homöopathische Mittel zu erstatten begannen, weshalb die Pharmalobby wegen der entsprechenden Verringerung ihrer Pfründe zunehmend erbost reagierte.

Nach vielen Jahren der Schmähungen – die übrigens keineswegs aufgehört haben, bis heute nicht – begannen die von P. Sangh homöophorisch Behandelten zu immer reiferen Persönlichkeiten heranzuwachsen – selbstbewusst, fortschrittlich und kraftvoll modern.

Warum? Warum wirkte alles immer besser? Lag es an Praani und seiner beeindruckend bescheiden-edlen Erscheinung?

Ja, wir selbst haben damals den weisen alten Praani mit seinen schon weißen Haaren (er wirkte wie der späte Mandela auf uns) vielleicht zu charismatisch wahrgenommen. Wir dachten, das Geheimnis oder sein Geheimnis läge in seiner beeindruckenden Persönlichkeit. Die wirklichen naturwissenschaftlichen Ideen zur Erklärung des Phänomens der früher so genannten Wunschbluttherapie kamen uns deshalb zwangsläufig erst später. Dann aber fiel es uns quasi wie Schuppen von den Augen – wir konnten jetzt sehen, warum all die Therapien nach Hahnemann, Bach oder Schüßler so gute praktische Wirksamkeit entfalteten, ohne dass es je gelungen wäre, eine Erklärung dafür zu finden. Wir geben sie im Folgenden wieder. Natürlich braucht man prinzipiell keine wissenschaftliche Erklärung für Therapien, die im realen Leben gut wirken. Aber es ist immerhin tröstlich, endlich die unfairen höhnisch-ätzenden Kritiker der letzten 200 Jahre triumphal abschmettern zu können. Und bald werden *alle* Krankenkassen für die Kosten von echten Globuli aufkommen.

Die Idee von P. Sanghs Therapie zur wünschbaren Entwicklung des Menschen ist sehr einfach, ja eher schlicht. Wir erklären hier in einem ersten Gang ihre Grundzüge – ihre Grundgedanken, die natürlich auf der Homöopathie gründen, und die sich darauf aufbauende einfache Therapie. Danach beschreiben wir unsere eigenen fundamentalen Ideen, wie wir uns das Wunder *ihrer stetig steigenden* Wirksamkeit erklären. Diese Ideen verdanken wir natürlich fast ganz dem früheren Wirken Praanis, sodass wir sie für seine eigenen halten und deshalb auch als solche behandeln wollen. Wir verbinden dabei die revolutionären Erkenntnisse von Rupert Sheldrake über morphogenetische Felder und morphische Resonanz mit den Ergebnissen des Japaners Masaru Emoto zu den Botschaften des Wassers und seiner Kristalle. Wir werden darlegen, wie sich Naturphänomene des Wassers auch im Blut von Lebewesen zeigen (verständlicherweise, weil das Blutplasma hauptsächlich aus Wasser besteht) – und dass die Wirksamkeit aller Therapien deshalb steigt, weil mit der Zeit immer mehr Menschen mit der gleichen hochverdünnten Substanz behandelt und dabei über die Gedächtnisfelder des Wassers bzw. Blutes verbunden werden. Die immer stärker werdenden Felder vereinen eine ständig wachsende Anzahl von Menschen in ihrem Wunsch nach Heilung oder Selbstwerdung. *Die morphische Resonanz steigt!* Sollte unsere wissenschaftliche Theorie zur Homöophorie nicht doch noch einen groben Irrtum enthalten, dann ergäben sich auch sehr weitreichende und fast unabsehbare Konsequenzen für die Homöopathie, die Bachblütentherapie und die Therapien mit Schüßler-Salzen.

Es lässt sich leicht zeigen, dass diese Ansätze auf den gleichen Effekt bauen und daher alle »dasselbe in anderer Farbschattierung« darstellen. Wissenschaftlich gesehen ist das eine wertvolle Erkenntnis, aber für die Anhänger der Partikularpraktiken wird es ein herber Schlag sein. Man stelle sich zum Vergleich einmal vor, es käme heraus, dass die Anhänger der verschiedenen rivalisierenden Welt-Religionen alle denselben Gott anbeten, wo sie doch glaubten, jeweils ihren eigenen zu preisen. Man stelle sich vor, es gäbe real nur einen einzigen Gott – es würde sie wohl nicht erfreuen.

Eine Ideen- und Erfolgsgeschichte der Tierblut-Therapie

Viele Kinder orientieren sich an Vorbildern. Sie wollen Baggerführer, Feuerwehrmann, Frisörin oder Primaballerina werden. In derselben Weise werden später die Erwachsenen von eher abstrakten sehnsüchtigen Wünschen nach Anerkennung, Schönheit, Liebe, Erfolg, Ruhm oder Geld getrieben.

Diesen Sachverhalt hat uns Praani ausreichend oft erklärt – ganz erschüttert über die Fehlentwicklung der Menschen im Großen und Ganzen.

»Seht ihr den Unterschied zwischen den Kindern und den Erwachsenen? Die Kinder wollen etwas SEIN. Sie fühlen sich vorfreudig in Rollenvorbilder ein und spielen Arzt, Lehrer, Vater, Mutter oder Räuber und Gendarm. Die Vorstellungen von Vorbildern verhelfen ihnen zum SEIN. Die Erwachsenen stellen sich die Vorbilder nicht mehr vor, sondern eifern ihnen nach. Sie tun das aber meist nicht in der Weise des nachfühlenden Seins, sondern sie suchen nach Mitteln – das ist wichtig: nur nach MITTELN –, um den Erfolg der Vorbilder zu erreichen. Sie fragen sich: Was hat mein Vorbild, was ich nicht habe? Das ist oft Ruhm, Schönheit oder Geld. Sie verlassen den Wunsch zu SEIN und beginnen, etwas HABEN zu wollen – das sind gute Noten und Bewertungen aller Art, künstlich gesteigerte Schönheit, hohe Managementränge oder Kindesliebe.

Die meisten wollen aber zu viel HABEN, mehr, als sie BEKOMMEN. Dadurch enden sie in Verzweiflung, Frustration und Depression. Da sie nicht genug BEKOMMEN, weil sie zu viel HABEN wollen, meinen sie, nie wirklich SEIN zu können, weil sie für das gewünschte SEIN noch nicht genug Mittel HABEN. Sie denken, sie könnten nur SEIN, wenn sie genug Mittel dafür angehäuft hätten. Viele stapeln ein Leben lang Baumaterial für die Errichtung einer Kathedrale und schaffen es nie, auch nur ihren Grundstein zu legen und mit dem Bau zu beginnen. Kinder dagegen SIND schon, was sie sein werden. Wenn Kinder Arzt oder Mutter spielen, SIND sie ein kleiner Arzt oder eine kleine Mutter. Sie suchen nicht groß nach Mitteln, es zu werden. Fehlende Mittel ersetzen sie durch Fantasie. Erwachsene müssen aber das Ziel real erreichen und konzentrieren sich auf das Schaffen der Voraussetzungen. Sie lernen und legen Prüfungen ab. Das Ziel des SEINS verlieren sie aus den Augen, denn sie müssen erst die bestandenen Prüfungen HABEN.«

In dieser Weise konnte Praani Sangh stundenlang auf uns einreden, so als ob er nie wirklich sicher gewesen wäre, dass wir ihn wahrhaft verstünden. Wir verstanden ihn tatsächlich nicht gut, weil er die eben zitierten Sätze im deutschen Stil von Hahnemann dozierte.

Die Unterscheidung von Haben und Sein schien er von Erich Fromm übernommen zu haben, was er aber vehement abstritt. »Es ist doch so klar«, rief er dann,

»sonnenklar, das erschließt sich doch von allein!« Trotzdem versuchte er, es uns immer wieder neu und weit ausholend einzutrichtern. Wir haben stets, auch heute noch, den Ton seiner dramatischen Betonung der Worte SEIN, HABEN und BEKOMMEN im Ohr. Tatsächlich liegen in diesen wenigen Urbeobachtungen an Kindern und Erwachsenen die Schlüssel der Homöophorie. Die Idee vom Gegensatz des Seins und des Habens ist vielleicht eine, die sich in morphischen Feldern guter Menschen automatisch heimisch macht.

Es geht in der Homöophorie vor allem darum, den Erwachsenen das Geschenk des SEINKÖNNENS zu überreichen. Erwachsene haben nicht mehr ihre Kinderträume vom Baggerführer oder der Barbie. Sie träumen leider nur noch davon, Milliardär oder Star zu werden. Aber diese Ziele sind zu irreal und erfüllen die Menschen nicht mit SEIN, sondern mit dem trüben Gefühl, den eigenen Erwartungen nie genügen zu können. Es bleibt nur eine leise, latent traurige Hoffnung: »Einmal muss ich das große Los ziehen.«

Der reale Abstand vom großen Traum wird von ihnen wie ein Mangel empfunden, dessen Heilung außerhalb ihres Einflusses liegt.

Dieser empfundene Mangel ist aber keine eigentliche Krankheit, sondern nur das Fehlen des SEINKÖNNENS inmitten zu breit angelegter Versuche des HABENWOLLENS. Die Menschen vergessen über den Mitteln den Zweck. Und genau diesen Zustand des hektischen HABENWOLLENS ohne das SEIN empfinden sie als Krankheit oder Überforderung, als Trauer oder Stress, als Ungeliebtsein oder Misserfolg.

In diesem Zustand des vermeintlichen seelischen Krankseins, der aber nur die Abkehr vom SEIN bedeutet, sind viele Menschen versucht, sich Heil und vor allem Trost durch homöopathische Mittel zu versprechen.

Praani Sangh wirkte auf (uns) andere bewegend heilig, wenn er mit flammenden Augen auf sein Lieblingsthema kam, nämlich »seine Kernidee der Menschheit zu schenken«. Es ist jammerschade, dass er Kameras hasste – wir mussten leider mehrfach ganz formal schwören, ihn nicht zu betrügen und heimlich Videos aufzunehmen. Warum wollte er nicht auf YouTube predigen? Das würde er vielleicht heute, ein paar Jahre später, anders sehen. Er predigte oft so (alles von uns aus schrecklichstem Deutsch transkribiert, mit häufigen Wiederholungen):

»Die Kinder sind noch wie kleine Heilige und ganz im SEIN. Sie leben sich in Vorbilder hinein, wenn sie einen Arztkittel oder einen Geistermantel überwerfen. Ihre Augen leuchten, sie SIND das, was sie eigentlich aus Sicht der Erwachsenen nur spielen. Erwachsene spielen oft bloß den Vater oder die Chefin, sie SIND es nicht. Kinder SIND es. Dieses Gefühl des SEINS will ich allen Menschen, ob groß oder klein, geben oder zurückgeben! Das ist mein Lebenszweck.

Ich BIN der, der allen das SEIN wiederschenkt. Deshalb heile ich nicht, indem ich das Gleiche mit dem Gleichen bekämpfe. Ich bekämpfe nicht, sondern ich fördere Gleiches mit Gleichem. Ich gebe durch die Tierblut-Therapie den Menschen das SEIN zurück und damit ihr Glück. Ich versuche dazu, mich in den Menschen des HABENS hineinzuversetzen und herauszufühlen, wer er SEIN könnte. Dann verabreiche ich diesen Menschen homöopathische Dosen von dem Blut solcher Tiere, die ihnen charakterlich ähnlich sind. Ich behandle Menschen, die den Tiger in sich haben, mit dem Blut des Tigers. Ich behandle Menschen, die wie mächtige Elefanten wirken, mit dem Blut des Elefanten. Gleiches mit Gleichem! Das sagte doch Hahnemann immer wieder! Ich vollende sein Werk, indem ich seine erhabenen Ideen auf eigentlich gesunde Menschen anwende, die nicht krank sind, sondern nur ihr SEIN vergessen haben oder das SEIN noch nicht kennen.«

Praanis Idee war, Menschen mit homöopathischen Dosen des Blutes solcher Tiere zu behandeln, die dem Zielcharakter des jeweiligen Menschen am nächsten kommen. Er hat anfangs sehr lange nachgedacht, welche Tiere überhaupt für eine homöophorische Therapie in Frage kämen. Dazu entschied er sich irgendwann vor langer Zeit in Indien fast spontan, mit dem Blut der sieben heiligen Tiere Indiens zu beginnen. Es sind diese:

1. Kuh
2. Affe
3. Elefant
4. Pfau
5. Tiger
6. Schlange (Königskobra)
7. Ratte

Inder verehren diese Tiere wie Götter und stören sich erst in neuester Zeit daran, wenn Kühe sich gemütlich auf Kreuzungen der Großstädte zum Schlafen niederlassen oder Elefanten durch die Stadt flanieren. Die Inder verbinden mit diesen Tieren viel in ihrem Innern. Mit dem Pfau verbinden sie die Vorstellung von Schönheit und Macht, der Pfau gilt als nützliches (!) Tier und dient oft als Wächter wie früher die Gänse am römischen Kapitol. In der eher westlichen Antike glaubte man, dass das Fleisch des Pfaus nicht verwesen könne (wissenschaftliche Versuche wurden wohl jahrhundertelang unterlassen). Deshalb sieht eine alte christliche Tradition den Pfau als Symbol der Auferstehung und verbindet seinen durchdringend gellenden Schrei (Wächterfunktion in Indien!) mit der flehenden Klage des reuigen Sünders. Und heute? Was bedeutet uns heute ein Pfau? Eitelkeit? Biologische Nutzlosigkeit bis auf die Balzpracht? Diese Überlegungen können bei allen Tieren angestellt werden:

Verbinden alle Menschen das Gleiche mit der Vorstellung eines Tieres? Nein, ganz und gar nicht!

Wir verstehen zum Beispiel in Europa nicht, warum »dumme Kühe« heilig sein können, wir verehren eher die wissenschaftlich und objektiv gesehen dümmeren Pferde. Wir denken bei der Ratte nicht sofort an Klugheit wie die Inder, wir verehren die Affen nicht als unsere nächsten Verwandten – das verboten unsere Kirchen, weil es die Bibel nicht so erzählt. Die Schlange ist in der christlichen Tradition ein Sinnbild des Teufels und auch der Schläue, während die tantrische Lehre die in jedem Menschen wohnende Kundalini-Kraft durch yogische Praktiken erwecken will. Diese ätherische Kraft wird durch eine zusammengerollte Schlange symbolisiert (Sanskrit – kundala: gerollt).

Damit wollten wir kurz klarmachen, dass in verschiedenen Kulturen die Tiersymboliken in ganz anderen Sinnzusammenhängen und verschiedener Tiefe empfunden werden. Wenn wir nun also schildern, wie erfolgreich die Homöophorie mit diesen Tierblutarten so viele Menschen in Indien hin zu ihrem Glück entwickeln kann, so können wir leider absolut nicht empfehlen, diese speziell indische Art der Homöophorie gleich eins zu eins in Europa oder anderswo außerhalb Indiens zu verwenden. In Europa, so wollen wir hier bald argumentieren, zeigen Vorstellungen der Persönlichkeit als Ratte oder Schlange ganz bestimmt keinerlei morphische Resonanz.

Jedes Land hat historisch bestimmte typische Tiere, die es erhaben findet: Deutschland verehrt den Steinadler, die USA den Weißkopfadler, die Schweden den Elch, die Franzosen den Hahn, in China sieht man überall in Darstellungen die vier Wundertiere, eben die Schildkröte, den Drachen, den Phönix und das Qilin (das aussieht wie ein geschuppt-gepanzertes Pferd mit dem Kopf eines Drachen; in seiner Darstellung ist der Rachen oft aufgerissen, mit einer flammenspeienden Zunge; das Qilin kündigt das Erscheinen eines Herrschers an). Wenn wir also die Homöophorie in Europa einführen wollen, müssen wir zuerst nachdenken oder experimentell prüfen, welche Tiere überhaupt als Vorbilder des SEINS für die Europäer taugen. Wir sind seit geraumer Zeit dabei, an dieser Neukonzeption für Europa zu arbeiten – und nebenbei bemerkt: Wir haben uns diesen notwendigen Neuanfang viel, viel einfacher vorgestellt und verstehen nach unseren nun schon langen Mühen sehr gut, warum Praani Sangh sich lange Zeit nicht klar entscheiden konnte.

Als er sich dann schließlich für die sieben heiligen Tiere entschieden hatte, behandelte er strebsame Menschen aus seiner ärmlichen Umgebung in Indien homöophorisch, analog zur homöopathischen Therapie. Er ging streng nach Hahnemanns Vorschriften vor. Das Blut der Tiere (er brauchte nur ein paar Tropfen) besorgte er sich in einem Zoo unter zweifelhaften Umständen, weil man ihn auf sein Bitten hin sicher für einen Quacksalber gehalten hätte. Wenn die Homöophorie erst einmal die »Therapy of Choice« oder, wie man hier sagt, zum Goldstandard geworden ist, müsste es möglich sein, sich das Blut kooperativ zu verschaffen. Trotzdem haben wir später bei einigen seltenen Tieren absolut keinen Zugang zu deren Blut finden können. Wir haben uns schließlich auf unproblematische Tierarten und sozusagen auf Bio-Blut beschränkt.

Wir haben den Eindruck, dass sich Wasser aus »Bio-Blutserum« äußerst wirksam mit Botschaften impfen lässt. Man könnte sagen, dass solche Flüssigkeiten am besten und schnellsten lernen und bei Kontakt mit schlechtem Wasser nicht umkippen oder ihre Programmierung mit einer Botschaft vergessen.

Technisch gesehen hatte Praani eine Schwäche für einen speziellen Ritus, nämlich das feierliche Verschütteln nach der Mehrglasmethode Hahnemanns. Wir glauben, dass seine strahlende Freude beim Verschlagen der jeweiligen Tinktur mit der genau von Hahnemann angegebenen Anzahl von Schlägen wohl ebenfalls auf die Tinktur überging. Praani arbeitete wegen seiner Liebe zum Rituellen mit D-Potenzen. Dabei lag das deutsche Homöopathische Arzneibuch (HAB) als Loseblattsammlung bei der Herstellung immer aufgeschlagen neben ihm, geradeso feierlich wie eine Vatikanbibel bei einer kirchlichen Messe, so ernst war ihm das Verschlagen (das HAB ist Teil des Arzneibuches nach § 55 des deutschen Arzneimittelgesetzes). Man glaubte beim Betrachten von Praanis Aura genau zu spüren, wie sich beim Verschütteln die Potenz des Mittels erhöhte.

Etliche Jahre lang behandelte er Inder und Inderinnen etwas unbedarft nach dem normalen Vorgehen. In längeren Mentoren-Gesprächen (so sagt man wohl heutzutage) fand er heraus, welchen Charakter, welchen Reifegrad und welche Zielnatur seine Mentees oder Schüler hatten. Danach wählte er für sie das charakterlich nächstverwandte heilige Tier aus und begann die homöophorische Behandlung. Die Wirkungen waren, wie schon mehrfach erwähnt, lange Zeit eher enttäuschend, wenn man Praanis Erwartungen als Maßstab anlegt. Seine Schüler machten zwar gewisse Fortschritte, aber diese konnten auch durch die einfühlsamen Gespräche erklärt werden, bei denen Praani Sangh sein fabelhaftes Talent entfaltete.

P. Sangh wurde sich mit der Zeit darüber bewusst, dass die Auswahl der sieben Tiere, besser: die Beschränkung auf nur sieben Tiere zu eng war. Manche Menschen passten einfach zu keinem der heiligen Tiere und wurden in ein zu starres Raster gezwängt. Sollte er noch Streifenhörnchen, Fische oder Termiten dazunehmen, damit sich jeder Mensch in der wirklichen Nähe »eines Ziel-Vorbildtieres« einordnen ließe? Sollte er sein Behandlungsuniversum ausdehnen? Er verzichtete zunächst darauf und schlug den einfachen Weg ein: Er schickte alle Leute weg, die zu keinem der sieben heiligen Tiere eine Verbindung hatten. Konsequent betreute er nur noch Menschen, die »zum System der Sieben passten«. Das waren etwa ein Viertel bis ein Drittel aller Inder, die bei ihm entwickelt werden wollten.

Von dieser Zeit an begann die Wirksamkeit der Homöophorie zu steigen.

Die verschriebenen Tierblut-Globuli schlugen besser an. Das war eigentlich kein Wunder, weil Praani die problematischen »nicht passgenauen« Fälle nicht mehr annahm. Diese müsste man später mit anderen Tierblut-Globuli zu entwickeln versuchen.

Es geschah aber das Wunder, dass die Wirksamkeit der Therapie über eine lange Zeit allmählich anstieg, obwohl die Methode oder Therapie nicht mehr geändert wurde. P. Sangh nahm immer dieselbe Quote von Bewerbern an, nie mehr als dreißig Prozent. Gab es mit der Zeit bessere Bewerber? Kamen sie mit mehr Zuversicht und höherem Glauben an seine Fähigkeit, weil sich sein Erfolg herumgesprochen hatte? Das hätte man anfangs annehmen können, aber die Erfolgsquote stieg und stieg. Wir Jünger fragten ihn bei unseren Diskussionen während seiner Köthen-Aufenthalte oft, wie er über den Augenschein und das Patientenlob hinaus den Erfolg erkennen würde. Er hatte die Quote nie mathematisch genau gemessen, er hatte nicht gezählt oder protokolliert, er wusste es intuitiv.

Das warfen wir Europäer ihm vor. Ließ sich nicht wenigstens einigermaßen objektivieren, welche Ergebnisse die Homöophorie hervorbrachte?

Eines Abends – wir saßen bei einem Gegenbesuch in Indien bei Mangoschnaps oder Ingwerlikör – machte Praani Sangh einen wunderbaren Vorschlag: Er würde uns am nächsten Tag alle (!) seine Schüler kurz zeigen, jeweils ein paar Sekunden lang – und wir sollten dabei jedes Mal abschätzen,

1. welches Tier als »Wunsch-Tier« zu dem Schüler gehören würde und
2. ob der Schüler dieses Tier auf besonders würdige oder erhabene Weise repräsentierte.

Wir stimmten sofort und heiter zu, »Praanis Tiere-Raten« zu veranstalten. Etwa 80 Kandidaten erschienen am nächsten Tag und zeigten sich jeweils kurz. Wir versuchten zu schätzen. Noch heute reden wir über unsere damaligen sehr gemischten Gefühle: wie verwirrt wir zuerst waren! Die Kandidaten kamen, einer nach dem anderen. Wir hatten eigentlich keinen Schimmer. Mehr oder weniger ratlos gaben wir unsere Tipps auf Zetteln ab und hofften für Praani, dass wir nicht so übel mit unseren Schätzungen lagen. Eine gefühlte Ewigkeit kamen wir uns beim Tippen wie ausgemachte Deppen vor. Nach einer größeren Zahl von Kandidaten ahnten wir aber allmählich mit größerer Treffsicherheit, wie sie einzuordnen waren. Ein Ruck ging durch uns alle. Wir schöpften Hoffnung und fühlten, dass wir uns verbesserten. Unsere allgemeine Zuversicht stieg erheblich. Uns kommt es vor, als wäre es erst heute passiert – es ging uns stark unter die fröstelnde Haut –, als sich schließlich ein junger Mann vorstellte, der absolut sicher wie ein Tiger wirkte. Tiger! Ein sicherer Punkt wie noch keiner für uns. Dann! Wir erschauerten fast: Es stellte sich wieder ein ganz sicherer Typ vor, ein Hundert-Prozent-Tipp für eine Königskobra! Danach ein blütenreiner Pfau! Es war uns, als fiele ein Schleier von uns ab, als hätten sich seltsame Nebel aufgelöst.

Als die letzte Inderin den Raum verlassen hatte (sie war ganz sicher eine Kuh, daran erinnern wir uns noch genau – bitte nicht deutsch interpretieren!), wollten wir sofort schwungvoll an die Auswertung gehen. So sicher waren wir uns mittlerweile, dass wir das Abschätzen nun perfekt gelernt hätten. Von anfänglich ganz unsicherem Tappen waren wir nach knapp 80 Vorstellungen fast schon Profis geworden. Dessen waren wir nun gewiss.

Praani aber lachte schallend! Er lachte uns aus – lachte sein herzlichstes Lachen, wie wir es noch nie gehört hatten. Unter Tränen lachte er und verriet uns, dass er uns zuerst ein zufällig gewähltes Drittel Leute von der Straße vorgestellt hätte, die niemals etwas mit ihm zu tun gehabt hätten. Danach wurde uns ein Drittel von Schülern vorgestellt, die gerade eben erst nach den Findungsgesprächen wüssten, nach welchem Wunschtier sie sich entwickeln wollten/sollten – und schließlich wären nur noch Menschen vorgestellt worden, die schon länger als zwei Jahre bei ihm in der Entwicklung waren.

Deshalb waren wir erst so ratlos, deshalb so sicher am Schluss! Wir erkannten die, die lange bei Praani gecoacht wurden! Das war es!

Wir schwiegen damals lange. Dann verneigten wir uns vor dem Meister. Ganz tief.

Praanis Verehrung für Hahnemann ging schließlich so weit, dass er eine Zeit lang nach Deutschland kommen wollte. Dazu gründete er ein Institut in der ehrwürdigen deutschen Stadt, die bald in Koksam umbenannt wurde. Wir gewannen schnell viele neue Jünger für ihn, die ein paar Jahre später in herausragende Stellungen gelangten.

Praani musste aber wieder ganz von vorne anfangen. Wie auch zuerst in Indien stellte sich die Wirkung seiner Therapie erst nach und nach ein. Das war für ihn und uns sehr schwer zu verstehen.

Über diesen langsamen Anstieg der Wirkung zerbrachen wir uns neben der eigentlichen Therapiearbeit den Kopf. Warum konnten wir nicht gleich an den Erfolg jahrelanger Bemühungen in Indien anknüpfen? Wir wollten unbedingt begreifen, warum Praani so große Erfolge in Indien haben konnte, in Deutschland aber von vorne anfangen musste.

Erst an diesem Punkt begannen wir, uns mangels eigener Idee in der weiten Welt umzusehen. Wir durchstreiften das Internet und fanden so viel Wertvolles. Wir waren wie typische extrem introvertierte Tüftler viel zu lange in unserer Garage geblieben, ohne in der Welt umherzuschauen. Indem wir immer nur unsere Gedanken wiederkäuten, hatten wir viel Zeit verloren. Das ist, wie wir von den vielen Start-ups wissen, die heute aus dem Boden schießen, ein fast unverzeihlicher Fehler gewesen. Im Sinne des Erfolgs hatten wir etliche Jahre vertan.

Ab da ging es schnell: Wir studierten alle Einfälle, die entfernt etwas mit Praanis Ideen zu tun hatten, alte und neue. Es gab anscheinend neuere Therapieformen wie die Spagyrik (die fast der früheren Alchemie entspricht) und auch ganz alte wie das Wirken der Schamanen. Die Alchemie hatte vor Urzeiten festgestellt, dass in dem »unreinen« Stofflichen so etwas wie eine »quinta essentia« verborgen sein müsse, ein, wörtlich übersetzt, »fünftes Element« oder eine »Quintessenz«. Ebendies hatte schon Aristoteles gelehrt, dass es neben den vier Elementen (Feuer, Wasser, Luft und Erde) auch einen »Äther« geben müsse. Dieser sei unwandelbar und zeitlos. In der Materie müsse eine reine geistige Substanz vorhanden sein, die die Alchemisten zu isolieren, zu sublimieren oder zu destillieren trachteten. Die Quintessentia schien ein vielversprechendes Universalheilmittel ätherischer Natur zu sein … Einzelne spagyrische Therapeuten sprachen in neuerer Zeit vom Behandlungsziel, den menschlichen Organismus aufzuwecken. Ebendieses Ziel verfolgte auch Praani! Waren uns andere längst voraus? Wir erlebten ein Wechselbad der Gefühle.

Ein echtes Aha-Erlebnis bot uns die Entdeckung der alten schamanischen Lehren rund um die Krafttiere des Menschen. Uns offenbarten sich ganz ähnliche Ideen, wie sie Praani in Indien gehabt hatte. Wir waren sehr erstaunt, dass in vielen alten Völkern in Nordamerika eine Vielzahl von Tiergeistern angebetet und beschworen wurden und dass die Schamanen schon lange mit Tiervorbildern arbeiteten. Es gab gut dokumentierte Listen der schamanischen Krafttiere.

Da sollte Praani etwas erfunden haben, was es weitab und in vergangener Zeit schon gab? Wir erinnerten uns an die Vorstellung eines kollektiven Unbewussten, die wir dem Psychologen C. G. Jung verdanken …

Diese Ideen des Schamanismus waren längst in den Vorstellungsschatz westlicher esoterischer Teilkulturen eingegangen, die wir jetzt erst neugierig sichteten. Darüber schüttelten wir immer wieder betrübt den Kopf: Zu lange und zu eng waren wir in unserem eigenen Gedankenuniversum gefangen gewesen. Die Faszination über uns selbst hatte uns abgehalten, über den Tellerrand zu sehen, wie es vielen Erfindern widerfährt. Diese verlieben sich in ihre fantastische

Idee und gehen gar nicht auf Entdeckungsreise durch die Welt, um zu sehen, ob es die Idee schon gibt!

Praanis Einfall, Menschen mit einem ihnen zugeordneten symbolischen Tiervorbild zu identifizieren, fanden wir eins zu eins im Schamanismus. Wir zitieren aus der Wikipedia (*»Krafttier«, https://de.wikipedia.org/w/index.php?title=Krafttier&oldid=176505730)*:

In esoterischen Zusammenhängen in der westlichen Kultur spielen Krafttiere prinzipiell eine ähnliche Rolle wie die Tiergeister in ihren Ursprungskulturen. Das Tier wird hier zumeist mythisch-symbolisch verstanden und es gibt eine Vielzahl von unterschiedlichen Methoden, mit diesen Tieren in Kontakt zu treten. Die sogenannten Krafttiere werden im Traum erkannt oder imaginiert, tänzerisch und lautlich nachgeahmt und dienen als Begleiter und Ratgeber im Zusammenhang mit imaginativen Vorstellungen. Die Krafttiere haben eine persönliche Beziehung zu dem Menschen, den sie begleiten, und bleiben bei ihm. Manche Menschen gehen davon aus, dass jeder ein Krafttier hat, nicht nur Schamanen, auch, wenn er es nicht kennt.

Und im selben Eintrag heißt es unter »Kritik«:

Manche Esoterikanbieter und Neoschamanen reißen unterschiedliche Vorstellungen ohne gemeinsamen kulturellen Ursprung aus ihrem Zusammenhang und mi-

schen oder ändern sie zum Teil willkürlich. Viele von ihnen berufen sich auf indigene Kulturen als Ursprung der Krafttiere, sind jedoch nicht an einer Wiedergabe der ursprünglichen Inhalte interessiert. Der Hauptgrund ist oftmals lediglich die bessere Vermarktung. Dies zeigt sich in der enorm großen Zahl einschlägiger Bücher auf dem Markt. Entsprechend diesem uneinheitlichen, je nach Anbieter variierenden Konzept des Krafttiers gibt es unterschiedliche Formen von Krafttieren, die auf die Bedürfnisse des modernen Menschen zugeschnitten sind. Der ursprüngliche kulturelle Zusammenhang, in dem diese Ideen entstanden sind und wirksam waren, wird ignoriert.

Diese Kritik tat uns etwas weh, man kann eine willkürliche Therapie mit erfundenen Tieren natürlich schnell westeuropäisch aufmöbeln und damit Scharlatan-Schamanismus betreiben und Bestsellerautor werden. Das fanden wir schlimm: Viele Autoren versuchten als »Schamanen« neue Tiere zu verwenden oder beschrieben sie ganz anders, um sich von anderen Autoren abzusetzen und sensationelle neue Original-Mogelpackungen anzubieten.

Nachdem wir alles rund um Homöopathie und Krafttiere im Netz abgegrast hatten, fragten wir uns wie das Patentamt den Erfinder: »Was genau ist an Ihrer Idee denn neu?« Wir mussten antworten: »Wir versuchen Ähnliches wie andere, aber zusätzlich zu den Tiervorstellungen verabreichen wir Tierblut-Globuli – und das hilft besser.«

Das klang auch für uns etwas dürftig. Im Endeffekt hatten wir die Homöopathie mit einem indisch neu arrangierten Schamanismus verbunden. Das war's. Wirklich? Und mehr nicht?

Dann aber interessierten uns Theorien des Wassers, und heureka! Wir fanden schließlich eine Reihe von neuen Erklärungsansätzen, die uns anschließend therapeutisch um Lichtjahre voranbrachten.

Morphische Resonanz und die Botschaft des Wassers

Die Verbindung von Wasser in Form von Globuli mit Vorstellungsbildern (bei uns: heilige Tiere) stellte sich als geniale Brücke dar. Wir hatten etwas erfunden, ohne zunächst zu wissen, dass uns der große Wurf gelungen war. Wir hatten alles richtig gemacht, kannten aber die Hintergründe nicht. Die Erklärungen lieferten die Ideen und Theorien zu »Botschaften des Wassers«. Wasser kann Botschaften speichern und weiterleiten! Die Botschaften Praanis bei der Herstellungszeremonie der Tierblut-Globuli gingen in die Globuli und dann in das Blut der Jünger über! Mehr noch: Das Blutplasma derer, die Globuli von derselben Zeremonie eingenommen hatten, schien sich informationstechnisch mit dem Blutplasma der anderen zu verbinden, es stellte sich ein verstärkendes Wir-Gefühl ein. DAS erklärte die sich verstärkende Wirkung über die Zeit. Wir holen zu einer Erörterung dieses Punktes weiter aus:

Die Erklärung für die Wirksamkeit von Praanis Idee liegt in den bahnbrechenden Konzepten von Rupert Sheldrake, die heute immer noch sehr emotional diskutiert werden, und in der Wasserkristalltechnologie Emotos, die ebenso stark und bösartig angefeindet wird.

Diese extreme Anfeindung ist letztlich allen Entdeckern von Naturheilverfahren vertraut. Nur die hohe Wirksamkeit der Homöopathie kann aber erklären, warum sie als Therapieform nun schon seit weit über 200 Jahren allen Schmutz über sie aushält und warum ihr Licht heute heller strahlt denn je.

Als wir verstanden hatten, warum und wie alles wirkt, konnten wir unsere Tierblut-Therapie noch einmal wesentlich verbessern. Diese weitere Potenzierung erklären wir im nächsten Abschnitt.

Wir geben hier einen Abriss über unsere Recherchen. Wir erklären dabei nur bekannte Tatsachen, wie sie jeder im Internet finden kann. Unsere Therapie bringt diese bekannten Phänomene zu einer Kernidee unter ein gemeinsames Dach. Das ist – nach dem ganzen Hin und Her – der Hauptpunkt unserer Fortschritte, die hauptsächlich von Praani initiiert und inspiriert wurden.

Als 1981 Rupert Sheldrakes erstes Buch *A New Science of Life* erschien, wurde es vom Hauptherausgeber der wichtigsten naturwissenschaftlichen Fachzeitschrift *Nature* rezensiert und in unglaublich unverschämter Weise verfemt. John Maddox stellte sofort die Frage: »A book to burn?« Er sagte damals, er fühle sich durch das Buch gekränkt, und wenn Bücherverbrennung noch erlaubt wäre, dann wäre dieses Buch ein guter Kandidat. Er empfand Sheldrakes Werk als Gotteslästerung und vernichtete es wenigstens verbal in seinem Artikel in *Nature*. Natürlich wurde das Buch schon deshalb ein Bestseller. Ein Interview mit John Maddox, in dem er ganz ruhig seine Anklagen gegen Sheldrake äußert, ist heute noch auf YouTube zu finden (*youtube.com/watch?v=QcWOz1xjtsY*).

Sheldrakes Klassiker in deutscher Sprache erschien im Jahr 2008 komplett überarbeitet. Er trägt den Titel *Das schöpferische Universum. Die Theorie der morphogenetischen Felder und der morphischen Resonanz.*

Alle Bücher sind auf der Internetseite sheldrake.org angeboten. Dort heißt es (wir lassen den Autor jetzt selbst zu Wort kommen) über das genannte Buch:

Das grundlegende Werk Sheldrakes, in dem er seine These von den morphogenetischen Feldern vorstellt. Diese können Informationen zu allen Genen einer Spe-

zies übertragen. Eignet sich beispielsweise ein Angehöriger einer biologischen Gattung ein neues Verhalten an, wird sein morphogenetisches Feld verändert. Behält er sein neues Verhalten lange genug bei, beeinflusst die »morphische Resonanz«, eine Wechselwirkung zwischen allen Gattungsangehörigen, die gesamte Gattung. Mit diesen Thesen hat der Autor weltweites Aufsehen erregt.

Diese kurzen Sätze zu dem hochgepriesenen Standardwerk durchzuckten uns wie ein Blitz. Wir können heute kaum schildern, wie wir fast in Verzückung gerieten. Angesichts dieser Erleuchtung schlugen wir uns vor den Kopf! Ja, es war klar! Die Schüler von Praani bildeten ein morphogenetisches Feld aus! Jeweils die Schüler, die sich der Therapie mit einem heiligen Tier unterzogen, begannen, sich zu einem entsprechenden Zielcharakter hin zu entwickeln, und erzeugten untereinander eine starke morphische Resonanz. Die »Tiger« und die »Königskobras« entstanden als neue »Arten« und erzeugten, gerade wie Sheldrake feststellt, eine Wechselwirkung zwischen allen Gattungsangehörigen. Und nun war auch sonnenklar, warum die Homöophorie in ihrer Wirkung stetig anstieg, ja ansteigen musste: Da es im Laufe der Zeit immer mehr »Gattungsangehörige«, also Jünger P. Sanghs, gab, wurde das von ihnen gemeinsam erzeugte morphogenetische Feld immer größer und stärker. Die Wechselwirkungen nahmen zu, die morphische Resonanz stieg. Diese Resonanz machte es neuen Jüngern leichter, den Weg der Homöophorie erfolgreich weiterzugehen.

In Sheldrakes Buch werden viele überzeugende Beweise für seine These der morphogenetischen Felder angeführt. Wir zitieren hier kurz aus der Wikipedia (*https://de.wikipedia.org/w/index.php?title=Morphisches_Feld&oldid=211539129*):

Eine von Sheldrakes Beweisführungen war eine Arbeit des Forschers William McDougall von der Harvard-Universität, der in den 1920er Jahren Lernverhalten von Ratten in Labyrinthen untersucht hatte. McDougall hatte beobachtet, dass Ratten schneller aus einem Labyrinth herausfanden, nachdem andere Ratten bereits den Weg heraus gefunden hatten. Zunächst benötigten die Ratten durchschnittlich 165 fehlgeschlagene Versuche, bevor sie durch das Labyrinth fanden, aber einige Generationen später gelang es Ratten bereits nach 20 Versuchen. Für die Versuche wurde stets dasselbe Labyrinth verwendet; Geruchsspuren, die den schnelleren Erfolg der Ratten erklären, wurden außer Acht gelassen. McDougall glaubte hingegen, dass der Grund dafür in einer Art von Lamarckschem Evolutionsprozess lag, und Sheldrake sah darin den Beweis für die Existenz eines morphischen Feldes. Die ersten Ratten im Labyrinth schufen nach seiner Ansicht ein Lernmuster innerhalb eines

»Rattenfeldes«, auf das die Nachkommen dieser Ratten zurückgreifen konnten, selbst wenn sie nicht miteinander verwandt waren.

Ein anderes Beispiel kam aus der Chemie, in der sich ein anderes noch ungeklärtes »Lernverhalten« bei der Züchtung von Kristallen abspielte. Wenn eine neue chemische Verbindung erstmals hergestellt wird, geht der Kristallisationsprozess langsam vonstatten. Sobald andere Forscher das Experiment wiederholen, stellen sie fest, dass der Prozess schneller abläuft. Chemiker schreiben dies der gestiegenen Qualität späterer Experimente zu, da die dokumentierten Fehler der früheren Versuche nicht erneut begangen wurden. Sheldrake hingegen hielt dies für ein weiteres Beispiel morphogenetischer Felder. So hätten die zuallererst gezüchteten Kristalle ein Feld erschaffen, auf das die Kristalle der später durchgeführten Experimente zurückgegriffen hätten.

Die Wikipedia-Einträge zu aktuellen Weltideen werden systematisch und manisch hochkritisch verfolgt. Deshalb versuchen die Autoren der Artikel über Innovatives, schon vorab die Kritiker der neuen Lehren zu besänftigen, indem sie stets die voraussichtliche Kritik in die Artikel einbeziehen. Es soll nicht der Eindruck entstehen, dass die Autoren von Lexikon-Einträgen selbst die glühenden Anhänger einer Fantasie-Erfindung sind. Denn dann würde der Artikel als unsachlich aus der Wikipedia gestrichen. Neues wie etwa die Errungenschaften von Sheldrake kann also nur in der Wikipedia bleiben, wenn die Artikel ebendieses Neue gleich wieder kritisch relativieren. Kritik in der Wikipedia vernichtet nicht die kritisierten Inhalte – sie schützt sie.

Es gibt aber auch seltsame Übertreibungen dieses Prinzips: Im Falle Sheldrakes wie auch bei der Homöopathie, den Bachblüten und den Schüßler-Salzen strotzen alle Wikipedia-Einträge von einer nervenden Fülle von Einwänden, die den wertvollen Inhalt brutal zu übertönen versuchen. Zu jedem kleinen Statement der Naturtherapien folgt jemand mit einem gegenteiligen Einwurf, der es vollkommen anders sieht. Dabei handelt es sich eben um die üblichen Hinrichtungsversuche, die aber zum Glück immer an den ewigen Wahrheiten, wie denen Hahnemanns, abperlen. Sheldrakes Erkenntnisse werden im Netz nie als konkretes Wissen dargestellt, sondern man berichtet nur in der Art »Sheldrake sah darin ...« oder »Sheldrake glaubte ...«. Was man nicht wahrhaben will, wird in dieser Weise zwar im Prinzip thematisch angerissen – aber eben gleichzeitig diffamiert. Wer zweifelt, der lese seine Bücher – wir raten, sich zuerst durch Sheldrakes offizielle Internet-Präsenz inspirieren zu lassen.

Egal! Uns hüpften förmlich die Herzen, als wir die ausführlichen Dokumentationen zu den Rattenexperimenten lasen. Ratten, die in der Nähe von schon kundigen Ratten oder als ihre Nachkommen aufwachsen, lernen SCHNELLER, hier eben acht Mal so schnell.

Kurz noch zur Theorie der morphogenetischen Felder, im Amerikanischen heute kürzer als »morphic fields« oder »morphische Felder« bezeichnet – wieder aus der Wikipedia (*https://de.wikipedia.org/w/index.php?title=Morphisches_Feld&oldid=211539129*):

Morphische Felder werden von Sheldrake postuliert, um die Ganzheitlichkeit der Selbstorganisation zu erklären. Er leitet aus seinen Beobachtungen ab, dass man diese nicht allein aus der Summe ihrer Bestandteile heraus oder aus deren Wechselwirkungen erklären kann. Das von Sheldrake genannte Gedankenmodell, dass Formen von selbstorganisierenden Systemen durch morphische Felder ausgeprägt werden, ordnet demnach Atome, Moleküle, Kristalle, Zellen, Gewebe, Organe, Organismen, soziale Gemeinschaften, Ökosysteme, Planetensysteme, Sonnensysteme und Galaxien. Mit anderen Worten, sie ordnen Systeme auf allen Stufen der Komplexität und sind die Grundlage für die Ganzheit, die wir in der Natur beobachten, die mehr ist als die Summe ihrer Teile. Dies ist eine erste, vereinfachte Definition für morphische Felder.

Uns war sofort klar, dass Praanis Schüler durch morphische Resonanzen in Wechselwirkung standen. Sie bildeten das Basissystem von morphischen Feldern.

Wir recherchierten natürlich alle Beispiele und Versuche zu Sheldrake, und insbesondere durch die Beschäftigung mit dem schnelleren Wachstum von Kristallen fanden wir fast zufällig (oder eben nicht zufällig, es war wahrscheinlich auch eine morphische Resonanz) einen ganz anderen wichtigen Erkenntniskomplex vor, den der *Botschaft des Wassers*, die von Masaru Emoto entdeckt worden war. Wir entnehmen der Wikipedia (wir wollen wirklich gute bis offizielle Quellen heranziehen, um zu überzeugen, *https://de.wikipedia.org/w/index.php?title=Masaru_Emoto&oldid=211625759*):

Emoto beschäftigte sich seit Anfang der 1990er Jahre mit Wasser. Er vertrat die Auffassung, dass Wasser die Einflüsse von Gedanken und Gefühlen aufnehmen und speichern könne. Zu dieser Auffassung gelangte er durch Experimente mit Wasser in Flaschen, die er entweder mit positiven Botschaften wie »Danke« oder negativen Botschaften wie »Krieg« beschriftete und anschließend gefror, fotografierte und anhand von ästhetisch-morphologischen Kriterien den entstehenden Eiskristall beurteilte. So stellte er einen gewissen Zusammenhang zwischen dem Aussehen des Eiskristalls und der Qualität bzw. dem Zustand des Wassers her. Seinen Hypothesen zufolge formt mit positiven Botschaften beschriftetes Wasser stets vollkommene Eiskristalle, während Wasser mit negativen Botschaften unvollkommene Kristallformen annimmt. [...] Emotos Behauptungen bilden zusammen mit weiteren als para- bzw. pseudowissenschaftlich bezeichneten Ansätzen von Viktor Schauberger, Johann Grander u.a. die Ausgangslage für die Behandlung, Herstellung und Vermarktung von sogenanntem belebtem Wasser und Geräten zur Wasserbelebung.

Dr. Emoto war Präsident der International Hado Membership, die in 45 Weltsprachen im Internet präsent war. Die deutsche Seite wurde nach seinem Tod im Jahre 2014 unter

http://hado-life.com/

weitergeführt. Dort hieß es:

Was sensitive Menschen immer schon spürten und Homöopathen seit langem nutzen, ist die Eigenschaft des Wassers, Informationen aufzunehmen, selbst ein Gedanke überträgt sich auf das Wasser und verändert es.

Emoto hat eine Technik entwickelt, Wasser kristallisieren zu lassen und dabei die Einzelkristalle zu fotografieren. Er begann mit sauberem Quellwasser und verglich dann die fotografischen Ergebnisse mit den entsprechenden Bildern von Kristallen belasteten Wassers, Trinkwassers oder Flusswassers. Die Unterschiede in den Bildern fielen dramatisch aus.

Dann kam er auf immer neue Ideen: Er spielte dem Wasser vor dem Einfrieren und Kristallisieren verschiedene Sinfonien oder Pop vor, zeigte ihm Texte mit »Liebe« oder »Hass«, betete vor dem Wasser und verglich es vor und nach dem Beten. Er präsentierte dem Wasser auch Bilder von Hitler und beschäftigte sich schließlich folgerichtig mit Fernwirkungen (»Bete zu Wasser in der Entfernung«).

Man muss die Bilder selbst sehen, reiner beschreibender Text wirkt dagegen nur armselig: Wer bei Google nach »Emoto Wasser Images« surft, findet ganze Welten schöner und hässlicher Bilder, je nach Botschaft des Wassers.

Dr. Masaru Emotos Lehre:
Das Wasser überträgt Schwingungen und Stimmungen!

Was Sheldrake als vielfach kritisierte Theorie in die Welt setzte, wird durch die Kristallbilder von Emoto unmittelbar bewiesen.

Wenn Praani also in einer heiligen Zeremonie die Grundflüssigkeit für die Tierblut-Globuli verschlägt, setzt sich die dabei abgegebene Botschaft über das Wasser bzw. die Tierblutlösung in den Globuli fest und geht als Botschaft in das Blut und damit in den Körper dessen über, der solche Globuli einnimmt. Im Wasser ist die »Quintessenz«, die die Alchemie immer nur geahnt hatte. Die Materie enthält tatsächlich etwas Geistiges, eben zum Beispiel die Botschaft Praanis.

Diejenigen Menschen aber, die Globuli mit derselben Botschaft einnehmen, stehen in morphischer Resonanz, sie bilden ein morphisches Feld aus.

Wohl alle Therapien im Gefolge von Hahnemanns Homöopathie arbeiten mit zum Teil extremen Verdünnungen und Verschüttelungen. Das bewirkt, dass sehr viele Menschen ihre Globuli oder Tropfen einnehmen, die sich aus derselben Urtinktur ableiten. All diese Menschen nehmen also gewissermaßen an einem gemeinsamen Abendmahl teil und werden durch die morphische Resonanz zu einem gemeinsamen morphischen Feld verbunden.

Das morphische Feld heilt oder entwickelt alle Menschen gemeinsam, die dadurch in Verbindung stehen.

Der Psychologe Carl Gustav Jung nahm mit seinem Konzept des kollektiven Unbewussten die Idee der morphischen Feldern vorweg. Aus der Wikipedia, aus der wir wieder ganz bewusst zitieren, um nicht in den Verdacht bloß subjektiver Auslegungen zu kommen (*https://de.wikipedia.org/w/index.php?title=Kollektives_Unbewusstes&oldid=206076295*):

C. G. Jung definierte das kollektive Unbewusste als den überpersönlichen Bereich des Unbewussten: Es sei der

»Teil der Psyche, der von einem persönlichen Unbewussten dadurch negativ unterschieden werden kann, daß er seine Existenz nicht persönlicher Erfahrung verdankt und daher keine persönliche Erwerbung ist«. Die erfahrungswissenschaftliche Basis, auf der er das Konzept des kollektiven Unbewussten induktiv formulierte, bestand im Wesentlichen aus Träumen und Motiven aus der Kulturgeschichte (Religionen, Mythen, Märchen) im interkulturellen Vergleich, die auf eine ähnliche psychische Grundlage aller Menschen schließen ließen. Angesichts Vorwürfen, er versteige sich mit seinen Konzepten in Behauptungen, verwies Jung auf seine quellenbezogene Arbeitsweise und schrieb: Obschon der »Vorwurf des Mystizismus oft gegen meine Auffassung erhoben wurde, muß ich noch einmal betonen, daß der Begriff des kollektiven Unbewußten weder eine spekulative noch eine philosophische, sondern eine empirische Angelegenheit ist«.

Und an derselben Stelle wird Jung so wiedergegeben:

Wenn an einem Punkt »etwas geschieht, welches das kollektive Unbewußte berührt oder in Mitleidenschaft zieht, so ist es überall geschehen«.

Wir haben schon oben von Sheldrakes Website zitiert. Den Kern wiederholen wir hier noch einmal zum Vergleich:

Eignet sich beispielsweise ein Angehöriger einer biologischen Gattung ein neues Verhalten an, wird sein morphogenetisches Feld verändert. Behält er sein neues Verhalten lange genug bei, beeinflusst die »morphische Resonanz«, eine Wechselwirkung zwischen allen Gattungsangehörigen, die gesamte Gattung.

Beim Vergleich dieser beiden wissenschaftlichen Konzepte finden wir also eine fast vollständige Übereinstimmung des philosophischen Psychologen und des beobachtenden Naturwissenschaftlers.

Einschub: Alle »Wasser«-Therapien gründen sich auf morphische Resonanz

Wir selbst hatten uns mit Praani Sangh eigentlich als Homöopathen verstanden. Wir kannten natürlich auch die Grundzüge von Bachs Blütentherapie und die Ansätze von Wilhelm Heinrich Schüßler, die uns aber fremd geblieben waren. Erst die gedankliche Verbindung der Homöophorie mit den Botschaften des Wassers und mit den im Wasser verbreiteten morphischen Resonanzen hat uns dazu gebracht, die anderen Heilverfahren noch einmal unter diesen neuen Gesichtspunkten zu betrachten. Wir stellen hier nur ein paar Grundgedanken zusammen, wieder ganz objektiv aus den gesicherten Informationen der Wikipedia, in der natürlich auch alle Anfeindungen unter »Kritik« zu finden sind. Wir stellen sie nicht zusammen, um neue Erkenntnisse darzulegen. Stattdessen wollen wir deutlich machen, dass die Zusammenhänge zwischen den Therapien beim bloßen Lesen ihrer einführenden Gedanken jedem, den wir diese Zeilen vorab sehen ließen, vollkommen klar ins Auge sprangen.

Auszüge aus dem Artikel »Bach-Blütentherapie« aus der Wikipedia (*https://de.wikipedia.org/w/index.php?title=Bach-Bl%C3%BCtentherapie&oldid=205923558*):

Die Bach-Blütentherapie (sprich: ˈbætʃ*-Blütentherapie) ist ein in den 1930er Jahren von dem britischen Arzt Edward Bach (1886–1936) begründetes und nach ihm benanntes alternativmedizinisches Verfahren. Laut Bachs zentraler These beruhe jede körperliche Krankheit auf einer seelischen Gleichgewichtsstörung. Die Ursache dieser Störung sah er in einem Konflikt zwischen der unsterblichen Seele und der Persönlichkeit, und eine Heilung könne nur durch eine Harmonisierung auf dieser geistig-seelischen Ebene bewirkt werden. Bach beschrieb zunächst neunzehn Gemütszustände, erweiterte das Repertoire dann aber auf »38 disharmonische Seelenzustände der menschlichen Natur«. Diesen ordnete er Blüten und Pflanzenteile zu, die er in Wasser legte oder kochte und die so ihre »Schwingungen« an* *das Wasser übertragen sollten. Aus diesen Urtinkturen werden anschließend durch starke Verdünnung die sogenannten Blütenessenzen hergestellt.*

Weiter heißt es dort:

Als Anhänger der Lehren von Carl Gustav Jung wählte er die Pflanzen nach eigenen Angaben »intuitiv« danach aus, welche »positiven archetypischen Seelenkonzepte« diese verkörpern.

Bach postulierte 37 Essenzen aus 37 Blüten und eine Essenz aus Fels-Quellwasser (rock water) ohne Zugabe von Blüten. Zusätzlich bestimmte er eine Kombination aus fünf Essenzen, die er als Notfalltropfen (»rescue remedy«) für akute Belastungssituationen empfahl. Die 38 Essenzen unterteilte er in sieben Gruppen, die er jeweils bestimmten Gemütszuständen zuordnete (Niedergeschlagenheit, Angst, fehlendes Interesse an der Gegenwart, Einsamkeit, übertriebene Sorge um Andere, Überempfindlichkeit und Unsicherheit). Die Essenzen sollten bei der Überwindung dieser Gemütszustände helfen. Beispiele für einzelne verwendete Blüten sind Gemeiner Odermennig (agrimony), Lärche (larch), Ackersenf (mustard), Weinrebe (vine) oder Heckenrose (wild rose). Der Gemeine Odermennig soll bei Angst vor Konflikten, bei Unehrlichkeit oder Überspielen persönlicher Probleme mit Verdrängung sowie bei Verspannungen und Verkrampfungen eingesetzt werden. Die Lärche hingegen helfe bei Minderwertigkeitsgefühlen, Schüchternheit und Zaghaftigkeit. Die Heckenrose helfe bei Personen, die an Antriebslosigkeit, Resignation und »krankhafter Schicksalsergebenheit« litten.

Die einzelnen Blüten werden heute noch an den ehemals von Bach festgesetzten Standorten gesammelt und nach den von Bach beschriebenen Potenzierungsmethoden rituell verarbeitet. Bei der Sonnenmethode werden die Blüten für etwa drei bis vier Stunden in eine mit Wasser gefüllte Schale gelegt und diese in die Sonne gestellt, bei der Kochmethode werden die Pflanzenteile eine halbe Stunde in Wasser erhitzt. Die letztere Methode wird für holziges Pflanzenmaterial oder bei Pflanzen angewendet, die zu einer sonnenarmen Jahreszeit blühen. Laut Bach sollen die Pflanzen ihre »Schwingungen« als »heilende Energie« an das Wasser abgeben. Das Wasser wird anschließend mit einem gleich großen Anteil Alkohol als Konservierungsmittel versetzt. Diese Urtinktur wird 1 : 240 verdünnt, um die eigentlichen Blütenessenzen herzustellen, und ähnelt in diesem Punkt der Homöopathie, mit der Bach sich intensiv beschäftigt hatte. Aus fünf Litern Wasser, in welche die Blüten gelegt wurden, entstehen nach Hinzufügen von fünf Litern Alkohol und anschließender Verdünnung schließlich 2.400 Liter Blütenessenz.

In den vergangenen Jahren sind zahlreiche »neue Essenzen« auf dem Markt erschienen, die sich bezüg-

lich ihrer Herstellung an die Bachblüten anlehnen, allerdings nicht im Kanon von Bach enthalten sind.

Bach hat sich also von den Ideen des kollektiven Unbewussten von C. G. Jung leiten lassen. Er ahnte wie alle Naturtherapeuten, dass sich energetische Schwingungen im Wasser verbreiten.

Zur Biochemischen Heilweise nach Schüßler (»Schüßler-Salze«, Wikipedia, *https://de.wikipedia.org/w/index.php?title=Sch%C3%BC%C3%9Fler-Salze&oldid=209799453*):
Der homöopathische Arzt Wilhelm Heinrich Schüßler veröffentlichte in der Allgemeinen Homöopathischen Zeitung 1873 den Artikel »Eine abgekürzte Therapie gegründet auf Histologie und Cellularpathologie«, der auf knapp 16 Seiten die Grundzüge seiner Lehre enthielt und eine Therapieform namens »Biochemische Heilweise« vorstellte. Schüßlers Abkürzung bestand darin, dass er statt der etwa tausend Mittel in der Homöopathie nur zwölf Salze, »Schüßler-Salze« genannt, zur Therapie fast aller Krankheiten für ausreichend hielt. Schüßler ging davon aus, dass Krankheiten auf der Grundlage gestörter biochemischer Prozesse entstehen. Er nahm an, dass Krankheiten zu einem großen Teil auf der Grundlage eines »gestörten Mineralhaus-

haltes« entstehen, wobei das Fehlen eines bestimmten Minerals den gesamten Stoffwechsel beeinträchtige.

Durch die Zufuhr dieser nun fehlenden Mineralstoffe wollte Schüßler die Krankheiten bekämpfen. Dazu sei die Potenzierung der Salze notwendig, um Mängel innerhalb einer Zelle aufzufüllen. Nach seiner Ansicht gelangen die hoch verdünnten »feinstofflichen« Mineralstoffe, also einzelne Ionen, direkt in das Zellinnere. Die Mängel außerhalb der Zellen seien durch eine nährstoff- und basenreiche Ernährung aufzufüllen, da ein gewisses Gleichgewicht zwischen Zellinnerem und Extrazellularraum notwendig sei. Nach Schüßlers Ansicht verursacht ein pathogener Reiz die Verstärkung der Funktion einer Zelle, da die Zelle bemüht ist, den Reiz abzustoßen. Aufgrund dieser Tätigkeit verliere sie einen Teil ihrer mineralischen Funktionsmittel. Diese Zellen seien dann pathogen verändert, was das Wesen einer Krankheit sei.

Es gab zu seinen Lebzeiten viele Auseinandersetzungen mit Homöopathen, die seine Behandlungsmethode schon allein wegen ihrer Einfachheit nicht akzeptierten und verächtlich von Düngemitteln sprachen. Sie witterten Verrat an der gemeinsamen Sache. In seiner abgekürzten Therapie schreibt Schüßler selbst: »Die Grundlage meiner Forschung waren Histologie, die darauf bezügliche Chemie, die anorganischen Bestandteile der Gewebe und die physiologischen Wirkungen oder Funktionen dieser Bestandteile.«

Schüßler gab den Patienten hochverdünnte homöopathische Dosen von Salzlösungen. Er hielt eine Potenzierung der Lösungen, also eine extreme Verdünnung, für naturwissenschaftlich geboten, damit die Salze überhaupt in die winzigen Zellen des menschlichen Körpers eindringen können. Damals war noch nicht bekannt, dass sich Salze in Wasser vollständig lösen und deshalb nicht als feine Klumpen im Wasser vorkommen. Das aber fürchtete Schüßler. Er verhinderte das Klumpen durch extreme Verdünnung. Durch diesen Irrtum verwendete er Verdünnungsgrade, wie sie in der Homöopathie gängig waren. Erst dadurch konnten wieder viele Menschen aus einer einzigen Urtinktur heraus behandelt werden. Sie wurden also implizit zu einer Basis eines morphischen Feldes! Daher wirkte, was heute von der reinen Chemie oder Biochemie aus gesehen natürlich nicht wirken kann. Es sind, wie wir heute wissen, die energetischen Schwingungen des Wassers, die die Menschen in morphischer Resonanz verbinden und heilen. Und auf gar keinen Fall sind es chemische oder biologische Vorgänge im Sinne der klassischen Wissenschaft, die zwar sehr rigoros ist, aber genau deshalb nur wenig erkennen kann. Denn das, was sich rigoros wissenschaftlich und reproduzierbar herleiten lässt, ist marginal im Vergleich zu den Erkenntnissen, zu denen der menschliche Geist imstande ist.

Wir wollen nun die Zusammenschau mit den Hauptideen Samuel Hahnemanns beschließen, weil wir auf sie die neue Lehre der Homöophorie gründen. Es ist uns bewusst, dass die meisten Leser die Homöopathie als die wesentliche Gesundheitskunde schon kennen. Aber es geht uns nicht darum, hier bekannte Tatsachen neu zu zitieren, wir wollen die Zusammenhänge zwischen den verschiedenen Ansätzen bewusst machen. Ebendiese Gesamtschau der Zusammenhänge führt uns zu universell höheren Therapieformen. Aus der Wikipedia (»Homöopathie«, *https://de.wikipedia.org/w/index.php?title=Hom%C3%B6opathie&oldid=212755274*):

Die Homöopathie [ˌhomøopaˈtiː] (von altgriechisch ὅμοιος hómoios, ›gleich, gleichartig, ähnlich‹, sowie πάθος páthos, ›Leid, Schmerz, Affekt, Gefühl‹; wörtlich also »ähnliches Leiden«) ist eine alternativmedizinische Behandlungsmethode, die auf den ab 1796 veröffentlichten Vorstellungen des deutschen Arztes Samuel Hahnemann beruht.

Ihre namengebende und wichtigste Grundannahme ist das von Hahnemann formulierte Ähnlichkeitsprinzip: »Ähnliches soll durch Ähnliches geheilt werden« (similia similibus curentur, Hahnemann). Danach solle ein homöopathisches Arzneimittel so ausgewählt werden, dass es an Gesunden ähnliche Symptome hervorrufen könne wie die, an denen der Kranke leidet, wobei auch der »gemüthliche und geistige Charakter« des Patienten berücksichtigt werden solle. Hierzu wurden von Hahnemann und seinen Nachfolgern ausgedehnte Tabellen (Repertorien) erstellt, mit deren Hilfe der Homöopath den Patienten und seine Krankheitserscheinungen einem sogenannten Arzneimittelbild zuordnen soll.

Zur Herstellung der homöopathischen Arzneimittel werden die Grundsubstanzen einer sogenannten Potenzierung unterzogen, das heißt, sie werden wiederholt (meist im Verhältnis 1 : 10 oder 1 : 100) mit Wasser oder Ethanol verschüttelt oder mit Lactose verrieben. Die Verdünnung wurde zunächst wegen der Giftigkeit vieler der verwendeten Stoffe durchgeführt. Erst in einer späteren Phase verordnete Hahnemann sogenannte Hochpotenzen, bei denen die Ausgangsstoffe so stark verdünnt werden, dass sie nicht mehr nachweisbar sind. Hahnemann nahm an, dass durch das besondere Verfahren der Potenzierung oder »Dynamisierung« eine »im innern Wesen der Arzneien verborgene, geistartige Kraft« wirksam werde. Zur Begründung der Hochpotenzen ging er davon aus, dass sich hier »die Materie [...] roher Arznei-Substanzen [...] zuletzt gänzlich in ihr individuelles geistartiges Wesen auflöse«.

Während Schüßler die Verdünnungen also vornahm, weil er falsche wissenschaftliche Vorstellungen hatte, musste Hahnemann Verdünnungen verwenden, weil die Stoffe zum Teil giftig waren. Eines der wichtigeren homöopathischen Mittel ist Arsen, das bei Ruhelosigkeit oder auch bei Vergiftungen (»Gleiches mit Gleichem!«) verordnet wird. Arsen *muss* hochverdünnt werden. Man kann spekulieren, dass Samuel Hahnemann dadurch zu langen Gedankengängen gezwungen wurde, welche Verdünnungen überhaupt am besten wirken könnten. Er wird dabei wohl gespürt haben, dass die Wirkung nicht so sehr im Mittel selbst als vielmehr in einer anderen, »geistartigen« Kraft liegen musste. Er hat diese Wirkung der morphischen Felder sicher geahnt, sie aber ganz anderen Ursachen zugeschrieben. Insgesamt, da wir heute die Ergebnisse von Sheldrake und Emoto kennen, müssen wir fast erschauern, wie treffsicher die Urväter der alternativen Medizin durch alle Irrtümer hindurch zu einer richtigen Lösung gekommen sind.

Hahnemann entwickelte anhand seiner zunehmenden Heilungserfolge (wie bei Praani Sangh!) immer genauere Vorschriften, wie die Verdünnungen herzustellen seien. Im Wesentlichen verdünnt man eine Urtinktur im Verhältnis 1 zu 10 oder gleich 1 zu 100 und wiederholt diesen Vorgang weiter, so dass man auf Verdünnungsgrade der Art 1 zu 100, 1 zu 10.000 usw. kommt. Die Verdünnung geschieht also in Potenzen der Zahl 10, deshalb werden die erhaltenen Verdünnungen als »Potenzen« bezeichnet, wo man eigentlich »Zehnerpotenzen« meint. Der Vorgang des Verdünnungsprozesses wird als Potenzierung bezeichnet – eine sehr geschickte Wortwahl, weil sie zum Ausdruck bringen will, dass die Potenz oder die Wirksamkeit des Mittels ansteigt, obwohl es eigentlich verdünnt wird.

Es gibt verschiedene Vorgehensweisen bei der Potenzierung. Die »dezimale Verdünnung« erzeugt D-Potenzen. Man verdünnt eine vorhandene Lösung jeweils im Verhältnis 1 zu 10 (»wie D«), danach – das war Hahnemann und auch Praani sehr, sehr wichtig – verschüttelt man die erhaltene Substanz durch rituelle Schläge an den Behälter. Bei der D-Potenzierung (immer 1 zu 10) sind 10 Schläge zur Verschüttelung vorgesehen. Dieser Vorgang wird nun wiederholt, 1 zu 10 verdünnen, dann durch 10 Schläge verschütteln, wieder verdünnen, verschütteln usw. Dadurch entstehen nacheinander die Lösungen D1, D2, D3, D4 usw.

Die Hunderter-Methode (im Lateinischen ist 100 der Buchstabe C) verdünnt immer 1 zu 100 und verschüttelt durch 10 Schläge. Dadurch entstehen die Lösungen C1, C2, C3 etc.

Die Lösungen D6 und C3 haben also beide eine Konzentration 1 zu einer Million, wie 10 hoch 6 oder 100 hoch 3. Sie sind formal chemisch identisch. Aber die D6 ist unter zahlreicheren Verschüttelungsschlägen entstanden und hat daher eine andere Wirkung als C3.

In seinem späten Schaffen ist Hahnemann auf die Q-Potenzen gekommen, wobei man immer 1 zu

50.000 verdünnt und durch 10 Schläge verschüttelt. Es gibt ganze Lehrbücher darüber, wie die verschiedenen Konzentrationen wirken und wann sie wem verabreicht werden sollen. Generell gesehen wirken hohe Potenzen mächtiger, also »potenter«. Die genauen Potenzierungsschritte zur Herstellung sind im Homöopathischen Arzneibuch (HAB) gesetzlich vorgeschrieben.

Das Verschütteln war Praani Sangh sehr wichtig. Er wich nicht selten ab und schlug bei Verschüttelungen öfter als erlaubt. Er liebte das Ritual. Er spürte dabei, wie die Schläge das energetische Feld aufbauten, wie also die ursprüngliche Tierblut-Lösung in diesem Moment ihre Botschaft an die große Menge des Verdünnungswassers abgab.

Die Essenz der Erkenntnis

Alle diese Versuche, unsere Erkenntnisse nach Irrtümern und die praktischen Erfahrungen legen unmittelbar einen logischen Schluss nahe:

Wenn sehr viele Menschen mit dem gleichen medizinischen Notstand oder der gleichen seelischen Lage unabhängig voneinander Tropfen eines gemeinsamen gut informierten Wassers einnehmen, kommt es zur Herausbildung oder zur Genese eines morphischen Feldes. Unter allen Teilnehmenden erzeugt dieses Feld gemeinsam gespürte energetische Schwingungen, die vom Informationswasser herrühren, auch wenn es zur exakten Dosierbarkeit auf Globuli gesprüht wurde. Die verschiedenen Menschen erleben untereinander diese Schwingungen als morphische Resonanz, die sie in ihrem gleichen Leiden oder ihrem gleichen Erfolgssehnen verbindet und so als Gemeinschaft stärkt. Die morphische Resonanz ist umso stärker, je homogener die resonierende Gemeinschaft ist. Sie ist schwächer, wenn die Gemeinschaft inhomogen zusammengesetzt ist.

Es kommt also darauf an, die Patienten, die Erfolgsuchenden oder die Glücksuchenden je nach ihrem Leidens- oder Reifegrad in verschiedene morphische Felder zu trennen. Das ist relativ leicht: Man ordnet den verschiedenen Reifegraden verschiedene Potenzen zu, in denen jeweils die spezifischen Botschaften ins Wasser codiert werden. Man trennt die verschiedenen Felder natürlich schon vorher nach homöopathischer Ursubstanz, nach Bachblüten, nach Krafttieren oder nach Salzen bei Schüßler.

Das ist die Essenz unserer Erkenntnisse.

Die ätzenden Kritiker aller hier genannten Lehren ergötzen sich schon immer zynisch an der Tatsache, dass traditionell naturwissenschaftlich das ganze Universum aus vielleicht nur 10 hoch 24 Molekülen besteht. Ja, das ist eine gesicherte wissenschaftliche Feststellung. Daher ist bei noch höheren Potenzen als

D24 oder C12 mit großer Wahrscheinlichkeit gar kein Molekül des Urwirkstoffes mehr in der Arzneilösung enthalten. »Es ist reines Wasser! Vollkommen wirkstofffrei!«, jubeln die zynischen Verächter besonders auch deshalb, weil Hahnemann bevorzugt D60 verwendete. Unsere Erkenntnisse aber zeigen:

Die Wirkung hängt nicht von den speziellen Wirkstoffen, Blüten oder Salzen ab, sondern von der Verteilung der Botschaft des Wassers an sehr viele Menschen im gleichen, möglichst homogenen Seelenzustand. Die Wirkung wird fast nur über morphische Resonanz erzeugt, nicht so sehr durch das spezielle Medium. Die Therapien von Hahnemann, Bach und Schüßler sind deshalb inhaltlich sehr ähnlich oder eigentlich – es ist ohne Schmerz fast nicht deutlich zu sagen – gleich. Allein durch die mitgeteilte Botschaft des Wassers entstehen morphische Felder und morphische Resonanz.

Fakt ist nun: Alle diese homöopathischen Therapien sind valide, aber sie wurden falsch angewendet. Man hat Einzelpatienten therapiert und konnte daher nicht die Hauptwirkung über die morphische Resonanz ernten. Wenn das aber beachtet wird, sind alle genannten Lehren hochvalide. Das wird alle Anhänger von Hahnemann, Bach und Schüßler hoch befriedigen. Wir haben nun erkannt, wie und warum und vor allem dass die Therapien hochwirksam sind.

Auf der anderen Seite hat diese Erkenntnisessenz eine sehr schwerwiegende Konsequenz: Wir brauchen alle diese vielen verschiedenen, alternativen Konzepte und die zugehörigen Lehren nicht mehr. Sie sind zwar alle valide und wirken, aber mit einem radikal neuen, einheitlichen Ansatz könnte die Wirksamkeit der alternativen Medizin um ein Vielfaches gesteigert werden, indem wir uns einfach auf grundlegende Verfahren konzentrieren, die einzig darauf abzielen, wirkmächtige morphische Felder zu erzeugen.

Globalisierung für die Weltgesundheit

Es verwundert uns, dass Sheldrake und Dr. Emoto nicht selbst zu diesen eben dargestellten Erkenntnissen gelangt sind. Sie haben wohl zu schnelle Schlüsse gezogen? Emoto sah die Hauptkonsequenz seiner Lehre leider und offenbar ausschließlich darin, dass sich die Welt um reines Wasser bemühen sollte. Nur solches, das schöne Kristalle erzeugt, sollte es auf Erden geben, so dass alles Wasser positive Botschaften enthält. Die Verbindung zur Homöopathie hätte er doch sehen müssen. Schade, seine Gedanken kreisten wohl ausschließlich um die von ihm beschworene Wasserreinheit.

Sheldrake dagegen scheint bemüht zu sein, zu einer Art Galileo der Neuzeit zu werden. In dem schon genannten Video, das Sir John Maddox' Kritik an Sheldrake zeigt, fällt der unglückliche Satz, für den Sir John oft im Internet belächelt wurde:

»Sheldrake is putting forward magic instead of science, and that can be condemned in exactly the language that the Pope used to condemn Galileo, and for the same reason. It is heresy.«

(»Sheldrake präsentiert Magie statt Wissenschaft, und er kann mit genau derselben Wortwahl verdammt werden, die der Papst bei der Verdammung von Galileo gebrauchte – mit der gleichen Begründung. Es ist Gotteslästerung.«)

Das »Problem« an der Äußerung ist ja, dass Galileo Recht bekam oder eben schon hatte. Die Kardinäle lehnten es damals ab, ins neu erfundene Fernrohr zu schauen. Genauso lehnen es die Gegner der Idee der morphischen Felder ab, einen Gedanken an das verbundene Universum und die Botschaften des Wassers zu verschwenden.

Sheldrake kämpft nun gegen seine Verdammung und für sein Recht. Er versteht nicht, dass er seine Theorien nicht einfach zum Wohle der Menschheit verwenden kann. Das wollen wir hier an seiner Stelle tun.

Was nun global zu tun ist, liegt auf der Hand: Wir müssen große und möglichst wirkstarke morphische Felder erzeugen. Das allein. Das bedeutet natürlich, dass wir uns von den alten, erhabenen Meistern der alternativen Medizin und ihren Pionierleistungen so langsam, aber voller Ehrfurcht verabschieden müssen.

Das Neue wird dem Alten ähneln, das Alte aber wird abgelöst.

Homöophorie als erster Grand Unifying Approach

Grundidee

Wir haben infolge unserer Erkenntnisse weiter experimentiert. Zuerst hatten wir das Stufenmodell der Persönlichkeits- oder Ich-Entwicklung von Jane Loevinger im Auge, die darin Persönlichkeitsreifegrade definiert. Diese geben wir hier nur zur leicht verständlichen Illustration als Beispiel, damit Sie wissen, was wir mit »Stufen der Reinheit« meinen. Loevinger definierte die Entwicklungsstufen E2 bis E9, sie stützte sich natürlich auf Vorarbeiten der großen Psychologen Erik Erikson und Harry Stack Sullivan. Hier, wie gesagt, nur ganz kurz die Stufen ohne tiefergehende Beschreibung:

- E2 – Impulsive Stufe (meist des Kindes)
- E3 – Stufe des Selbstschutzes und der Eigenorientierung (Heranwachsender)
- E4 – Konformistische Stufe, gemeinschaftsbestimmt, »man tut«
- E5 – Stufe des Selbstbewusstseins, rationalistisch
- E6 – Stufe wachsender Eigenbestimmung und gewissenhafter Verantwortung
- E7 – Individualistische Stufe, weitsichtig, tolerant, eigene Ideen
- E8 – Stufe der vollen inneren Autonomie und der systemischen Sicht
- E9 – Stufe von Integration, Weisheit, Einfühlungsvermögen, innerer Versöhnung

Entsprechende Tests an Erwachsenen zeigen, dass sie zu etwa 70 Prozent auf den Stufen 5 und 6 stehen. Es wird vereinzelt noch von einer »fließenden Stufe« E10 gesprochen – irgendein Guru muss dann doch noch über die vollständige Überwindung des Ichs dozieren und feststellen, dass es keine anderen lebenden Beispiele vorzuzeigen gibt.

Wir haben experimentell festgestellt, dass sich die morphische Resonanz erheblich verstärkt, wenn das morphogenetische Feld von Menschen gleicher oder höherer Stufe erzeugt wird. Eine ganze Gruppe von Menschen auf zum Beispiel Stufe E6 kann sich durch morphische Resonanz gemeinsam zu E7 hin entwickeln, wenn man sie durch Tierblut-Globuli und entsprechende E7-Botschaften im Wasser bei der Globuli-Herstellung unterstützt. Wenn aber zu einer Gruppe von lauter Menschen auf Stufe E6 zum Beispiel ein Mitglied von E3 dazustößt, lässt sich nur schwer ein weiterentwickelndes morphisches Feld aufbauen. Der »Unreine« trübt die morphische Resonanz der »Reineren«. Besonders leicht lässt sich starke morphische Resonanz zwischen Menschen herstellen, die dem gleichen heiligen Tier oder Krafttier oder einem gleichen abstrakten Symbol zugeordnet sind. Sie verstärken sich leicht.

Damit die Menschen sich nach Praani schnell weiterentwickeln, ist es also gut, sie in sorgsam gewählten eigenen morphischen Feldern getrennt zu entwickeln. Die Entwicklungsgruppen dürfen sich nicht stören. Folgendes Vorstellungsbild ist förderlich: Die verschiedenen morphischen Resonanzfelder »senden auf verschiedenen Frequenzen«.

Das ist das wichtigste Prinzip, das wir fanden.

Wir haben zur Kontrolle einigen Gruppen keine Totem- oder Krafttiere zugeordnet, sondern Pflanzen und ein paar anderen Gruppen ägyptische Götter, die ja traditionell in Tiergestalt dargestellt wurden. Dabei stellte sich heraus, dass es zwar half, wenn man sich mit dem zugeordneten Symbol identifizieren konnte (der Indianer mit seinem namensgebenden Adler, Wolf oder Bär), dass aber die Trennung der Entwicklungsstufen bei Weitem der wichtigste Faktor bei unseren Fortschritten war.

Wir haben uns deshalb in der Folge Mühe gegeben, viele Krafttiere, Götter, Symbole und auch Pflanzen zu definieren, um die morphischen Resonanzen und morphischen Felder gut voneinander trennen zu können – sie dürfen sich nicht gegenseitig stören. Weil die Naturmedizin seit Jahrhunderten mit Pflanzen arbeitet, hatten wir wohl mit Tieren so einen großen Erfolg, denn so konnten die klassischen Felder der normalen Hahnemann-Globuli »nicht unsere Frequenzen stören«.

Festlegung der Praani-Symbole (erst Tiere)

Wir sind gerade dabei, noch einmal die offiziellen Praani-Tiere neu festzulegen, für die wir morphische Felder erzeugen wollen. Wir werden aus Gründen der gegenseitigen Störungen der morphischen Resonanzen peinlich genau darauf beharren, dass es bei diesen bleibt. Wir wählen sie nicht aus Eigennutz oder Eitelkeit.

Das ist ein wichtiger Schritt. Jedes Mal, wenn eine neue Lehre entsteht, legt ein erster Lehrmeister die verschiedenen Mittel fest, die zu verwenden sind. Danach kommen oft aus Geschäftstüchtigkeit andere Meister auf die Idee, immer neue Mittel einzuführen, deren Erfinder sie sind und mit deren Anwendung sie sich profilieren wollen, um Geld zu machen. Schüßler beklagte sich ja bereits zu Lebzeiten von Hahnemann (oben im Zitat aus der Wikipedia), dass es schon 1000 Mittel gebe und er selbst nur 12 Salze für nötig halte. Bei diesen 12 ist es erstaunlicherweise geblieben, weil man sich auch nur Salze auswählen darf, für die der Körper Mangelerscheinungen zeigen könnte. Es gibt allerdings in guten Apotheken inzwischen auch so genannte »Ergänzungsmittel« zu den Schüßler-Salzen, aber nur wenige – nämlich 15. Zu diesen 27 Salzen gibt es noch sieben »nach Joachim Broy«. Dr. Schüßler spürte sicherlich, dass zu viele verschiedene Mittel eher zu Chaos führen. Auf der Webpräsenz *anwendung-schuessler-salze.de* findet man zum Beispiel die heutige Klage, dass Schüßler-Salz-Enthusiasten alle möglichen verschiedenen Salze einnehmen und auch die Dosierung mehr oder weniger willkürlich oder nach eigenen Regeln wählen.

Genau dagegen richtete sich schließlich auch der Versuch von Bach, die Lehre reinzuhalten und die Anzahl der Bachblüten nicht weiter auszuweiten.

Wir stehen in derselben Weise vor dem Problem, einerseits eine ausreichende Anzahl von Tieren zu finden, so dass sich die Menschen jeweils ein »Totemtier« wählen können, und andererseits so wenige Tiere wie möglich bei der Homöophorie zuzulassen, damit die erzeugten morphischen Felder durch viele Menschen mit demselben Totemtier sehr stark werden und den Menschen helfen. Wir müssen darauf achten, dass die Tiere möglichst international die gleichen Gefühle auslösen, weil ja die Herzen die morphischen Felder erzeugen. Diese Felder sollen möglichst rein entstehen und bleiben.

Dabei stehen wir vor großen Herausforderungen. Der schwedische Elch spielt international keine Rolle und wird überall anders gefühlt, ebenso wie der spanische Stier, der Toro. Selbst Hunde und Katzen werden nicht überall gleich gesehen. Die Ente symbolisiert allein in China verschiedene Vorstellungen: in Ostchina die Homosexualität, in Nordostchina den Penis, im Buddhismus die Unterdrückung des Bösen und als Mandarinente die eheliche Treue.

Manche Tiere scheinen universellere Vorstellungen zu erzeugen: Bär, Löwe, Eisvogel, Einhorn, Delphin, Wal, Schwan, Tiger, Fuchs, weiße Taube oder Adler.

Wir werden wohl nicht umhinkommen, lokale Abweichungen zuzulassen. Da eine lokale Spezifikation aber sehr zeitaufwendig ist, werden wir mit ausgewählten Staaten beginnen, zuerst mit Deutschland und Indien, Länder, in denen wir schon Erfahrungen haben, welche Resonanzen sich gegenseitig stören.

Senden – Wahl der Botschaften für das Blut mit Emoto-Check

Jedes der Praani-Tiere wird einem bestimmten menschlichen Charakter zugeordnet, den es entwickeln soll. Wir gehen von etwa 20 bis 30 verschiedenen Charaktertypen aus, wobei wir uns möglichst nicht zu weit von den Vorgaben der anderen Lehren entfernen wollen. Es ist ja so: Homöopathie beseitigt Krankheit, Homöophorie entwickelt den Menschen zu einer echten Persönlichkeit. Da wäre es gut, den Übergang von »krank zu gesund« mit dem von »gesund zu entwickelt« einigermaßen gut zu verbinden.

Jedem gewählten Charaktertyp (Perfektionist, Macher, Reformer, Lehrer, Performer, Helfer etc.) ordnen wir je ein Totemtier zu. Eine entsprechende Blut-Therapie wird anschließend für jedes Totemtier definiert.

Emotos Experimente zeigen, dass Wasser auf vorgelesene, vorgespielte oder auch nur gezeigte Botschaften reagiert. Wir werden also nicht nur einfach je einen Tropfen Tierblut für die ganze Welt verdünnen, um nur je ein einziges morphisches Feld zu erzeugen, sondern wir werden den Blutstropfen vorher sorgfältig mit Botschaften impfen. Solche Botschaften entwerfen wir gerade, wobei wir uns unserer extremen Verantwortung bewusst sind. Wie sollen wir uns ausdrücken, was sagen wir in welchem Ton, welchen inhaltlichen Appell übergeben wir dem Wasser im Blut?

In welcher Form geben wir dem Blut die Botschaft mit? Geschieht das am besten klassisch beim Verschütteln durch das Schlagen an den Verdünnungsbehälter?

Wie sehen die individuellen Botschaften für die verschiedenen Entwicklungsstufen aus? Die müssen wir gesondert erarbeiten; in unserem erwähnten Beispielmodell wären das jeweils verschiedene Botschaften für jede Charakterklasse und jede Stufe von E2 bis E9.

Wir hatten ein bisschen Angst, hier zu subjektiv vorzugehen, und haben uns daher die Apparaturen nach Emoto besorgt, damit wir die Kristalle einer Tierblutlösung vor und nach den Botschaften untersuchen können, ganz wie es auf den unzähligen Bildern nach Emoto im Internet zu sehen ist.

Dazu rollen wir gerade eine größere Versuchsreihe aus. Es sei vorweggenommen: Bald werden wir mit Bildbänden aufwarten können, die wohl in jedem Herzen ein erhebliches Beben verursachen werden.

Wir sind absolut sicher, auf einem Erfolgsweg zu wandeln.

Empfangen – Prüfen mit Blutkristallanalyse

Wir werden nicht nur Wasserkristalle daraufhin untersuchen, ob wir die richtige Botschaft senden. In einer groben Überprüfung werden wir darüber hinaus testen, ob die Botschaften angekommen sind. Dazu entnehmen wir jenen, die unsere Tierblut-Globuli für ihre Ich-Entwicklung einnahmen und sich den Regeln des Persönlichkeitswachstums diszipliniert unterwarfen, Blutproben und analysieren die entstehenden Kristalle à la Emoto, wenn wir das Blutplasma (wässrige Substanz »ohne Blutkörperchen«, also der zellfreie Anteil des Blutes) einfrieren. Dabei suchen wir nach Indikatoren, wie es mit dem korrekten Empfang der Botschaften aussieht, die den Globuli mitgegeben oder einprogrammiert wurden.

Messen – Erfolgskontrolle des Tierblut-Coachings

Die Klarheit von Kristallen soll für uns eine Indikation sein, auf welcher Entwicklungsstufe (E2 bis E9) jemand angelangt ist. Wir führen dazu größere Versuchsreihen durch: Wie korreliert die Entwicklungsstufe des Menschen mit der ästhetischen Reinheit seiner Blutkristalle?

Die ersten Ergebnisse sprechen deutlich für sich. Vieles ist bereits von Emoto erkannt worden: Die wahrgenommene Schönheit der Kristalle steht in einem engen Zusammenhang mit der Entwicklungsstufe der Probanden. Wenn wir die Entwicklungsstufe eines Menschen anhand von Indikatoren aus seinen Blutkristallanalysen grob ermitteln können, dann können wir auch feststellen, ob sich die behandelten Menschen tatsächlich weiterentwickelt haben.

Keimbildung für starke morphische Felder

Wir werden uns Wege überlegen, wie wir die morphischen Felder bilden, so dass sie sich schnell verstärken. Unsere Grundidee ist es, Menschen auf der gleichen Stufe gemeinsam als Team zu behandeln, vielleicht auch nur Menschen auf der gleichen Stufe und mit demselben Krafttier. Dann ist es wahrscheinlich, dass sich eine starke morphische Resonanz zwischen ihnen ausbildet. Welche Menschen also stellt man für ein entstehendes morphisches Feld optimal zusammen?

Entwicklungsstufenpläne verschiedener Menschen

Die Entwicklungsstufen von Jane Loevinger haben wir als Beispiel einer Stufenleiter zitiert, weil sie relativ bekannt sind. Für die Homöophorie sind sie aber nicht brauchbar, da wir Entwicklungsstufen für jedes Praani-Tier definieren müssen. Wir betreiben individuelles Coaching, nicht universal-psychologische Philosophie. Die Psychologen trachten zwanghaft-verbissen danach, allgemeine Gesetze für alle Menschen zu formulieren, so wie die Stufen nach Loevinger. Es ist aber gar nicht das Ziel aller Menschen, zum Beispiel weise oder tapfer zu werden. Die meisten wollen wertgeschätzt, schön, erfolgreich, berühmt oder reich werden. Alle diese Ziele sind von Krafttier zu Krafttier verschieden.

Wir arbeiten derzeit an besonderen Plänen für jedes Totem. Anschließend müssen wir die Pläne einigermaßen normieren, damit wir vernünftige Menschen zu gemeinsamen morphischen Resonanzfeldern clustern und diesen zuordnen können.

Potenzierungen für verschiedene Potenz-Felder?

Die klassische Homöopathie kennt den sorgfältigen Umgang mit den verschiedenen Potenzen. Die höheren wirken stärker und nachhaltiger, die niederen helfen eher akut und kurzfristiger. Die höheren Potenzen besitzen eine höhere Kraft.

Warum ist das so? Wir denken, dass die Homöopathen schon immer implizit die verschiedenen morphischen Felder getrennt haben, und zwar je nach Schweregrad des Leidens.

Wenn man Globuli gleichartigen Inhalts, aber mit verschiedener Verdünnung (Potenzierung) verabreicht, trennt man dadurch wieder verschiedene Klassen von Leidenden. Diesen Gedanken übernehmen wir für die Homöophorie. So ist es zum Beispiel möglich, den Coaching-Kandidaten mit dem gleichen Krafttier verschiedene Verdünnungen zu verabreichen, also generell Kandidaten jeder Entwicklungsstufe mit verschiedenen Potenzierungen zu behandeln.

Der Grundgedanke ist dabei immer derselbe: Gleiche mit Gleichen verbinden. Das passt auch zu dem wichtigsten Grundsatz von Samuel Hahnemann: Similis similibus curentur. Das stimmt vielleicht nicht ganz, wir sind Jünger von Hahnemann. Hier erzeugen wir wirklich morphische Resonanz zwischen möglichst Gleichen. Das Handeln nach diesem Grundsatz hat schon Hahnemann als Behandlungsmethode der Isopathie erwähnt. Diese Maxime hat auch der Leipziger Tierarzt Johann Josef Wilhelm Lux übernommen, aber nicht ganz im Sinne Hahnemanns angewendet. Lux propagierte dann das Gleichheitsprinzip anstelle des Ähnlichkeitsprinzips (»aequalia aequalibus curentur« = »Gleiches wird Gleiches heilen«).

Denken wir einfach an den Funkverkehr. Dort kommunizieren die Teilnehmer auf verschiedenen Frequenzen. Genauso behandeln wir Jünger von Praani mit verschiedenen Potenzen, so dass sie eine starke morphische Resonanz erzeugen, weil sie »auf der gleichen Wellenlänge« denken und fühlen.

Motivation – Klassenzugehörigkeit spornt an

Es scheint uns aber eine Überlegung und Untersuchung sinnvoll, morphische Felder mit normal Gesunden, guten Persönlichkeiten, starken Persönlichkeiten und herausragenden Persönlichkeiten zu bilden und die Schüler der Homöophorie langsam in höhere Felder einzulassen. Letztere werden dann eben nicht alle durch die allerhöchsten Menschen, die »A-Promis«, erzeugt, sondern entsprechend auch durch die der B-, C- und D-Klasse.

Wieder würde sich das Problem stellen, dass viele Schüler irregeleitet würden und dann gleich die A-Klassen-Felder betreten wollten, ohne sich viel Zeit für die Vorbereitung zu nehmen. Es müssen folglich Zugangsbeschränkungen erarbeitet werden. Das schmerzt, aber, wie schon erwähnt, die heutigen tatsächlichen Erfahrungen mit der Bachblütentherapie zeigen, dass die überwiegende Anzahl der Bach-Anhänger ohne jede Fachkonsultation in der Apotheke einfach die naiv gesehen hochwirksamsten Rescue-Tropfen kauft und einnimmt, obwohl die Lehre sie nur für äußerste Notfälle konzipiert hat und von jeglicher Dauereinnahme dringend abrät. Solche Menschen nehmen folglich Präparate in einer Form ein, die stark gegen die Lehre verstößt, und deshalb KÖNNEN diese Präparate nicht helfen. Es muss verhindert werden, dass solche Leute im Irrglauben die morphische Resonanz der treuen Schüler stören.

Unsere Intransparenz bezüglich der Pläne, Messungen und Einstufungen

Wir berichten hier ganz offen über unsere revolutionären Neuerungen und sind bereit, anderen Coaches weitere Informationen zu geben. Wir wollen aber nicht, dass unsere gesamten Regeln, Entwicklungsstufen, Totemsymbolbeschreibungen etc. komplett öffentlich werden, weil das unseren Jüngern schaden würde, die sich weiterentwickeln wollen. Es geht um die Weiterentwicklung an sich. Wenn man aber alle Regeln und Kriterien kennt, beginnt man, sich nach den Kriterien zu richten, was insbesondere in den höheren Entwicklungsstufen Gift ist. Schauen Sie sich die zitierten Stufen E2 bis E9 nach Loevinger an. Lernen, wie man Prüfungen besteht, ist ein konformistisches Verhalten auf Stufe E4, vielleicht noch auf E5. Dort befinden sich aber die meisten Erwachsenen schon. Für die höheren Stufen muss man wirklich Mensch werden, kein Sklave von Anforderungen – und ein zu starkes Lechzen nach »Beförderungen« hält den Menschen zuverlässig im niedrigeren Bereich, außer bei unserem Erfolgsmenschen-Kurs.

Granderwasser-Technologie statt Globuli

Johann Grander (1930–2012) hatte die Idee, Wasser zu verbessern, indem man »schlechtes Leitungswasser« an vitalem, »gutem«, belebtem Wasser vorbeifließen lässt. Grob erklärt: Ein Zylinder wird mit gutem Wasser (»Informationswasser« heißt es bei Grander) gefüllt und parallel an eine Wasserleitung geschraubt. Nach Grander nimmt das vorbeifließende Wasser die Botschaft des Informationswassers auf. Die Technologie dafür wird seit langer Zeit von einem österreichischen Unternehmen Granders angeboten, heute noch auf *grander.com* (Doppelzylinder, Belebungsstäbe). Alternativ gibt es viele Aqua-Blue-Produkte der Firma Löhnert aus Freiburg. Wir evaluieren die Nutzung dieser Produkte. Dazu werden wir die Zylinder nicht einfach mit bestem Urquellwasser füllen, sondern spezifisch für bestimmte Krafttiere und Entwicklungsstufen codierte Wasser darin präparieren, die Jünger von Praani individuell an die Wasserversorgung ihres Hauses anschließen. Wir überlegen auch, solche individuellen Wasser in Flaschen abgefüllt zu liefern, weil wir sicherstellen müssen, dass ausschließlich die vorgesehenen Individuen von dem spezifischen Granderwasser trinken, nicht etwa deren Hausgäste oder Familienmitglieder. Das oberste Prinzip muss immer sein: reine morphische Felder ohne Störungen durch Nichtvorgesehene zu gewährleisten.

Homöophorie und ihre wissenschaftliche Begründung

Auch die finstersten Kritiker aller Naturheilverfahren und esoterischen Therapien räumen ein, dass diese durchaus wirksam sein können, aber, so betonen sie, nie über einen Placeboeffekt hinaus. Dagegen hört sich das leidenschaftliche »Es wirkt doch, und wie!« der Anhänger der Naturheilverfahren viel lauter an. Man hat daher in unzähligen Studien herausfinden wollen, ob irgendeine Therapie mit Globuli, Salzen, Blüten oder Totemtieren überhaupt wirksam ist.

Die besonders sauberen wissenschaftlichen Methoden, wie sie bei der Zulassung neuer Medikamente vorgeschrieben sind, führen bei allen sorgfältigen wissenschaftlichen Untersuchungen zu dem Ergebnis, dass keinerlei Wirkung über den Placeboeffekt hinaus festgestellt werden kann.

In den Berichten der Medien findet sich nun zu jeder Zeit ein zweigeteiltes Echo der beiden Fronten:

- »Wissenschaftlich erwiesen unwirksam, nur ein Placeboeffekt!«
- »Es hilft! Mir persönlich! Sehr! Was schert mich da die Wissenschaft!«

Diese Fronten müssen nicht bestehen, denn – so wollen wir hier erklären – die Wissenschaft muss einsehen, dass sie falsch forscht und damit grundsätzlich auch falschliegen kann. Das ist jetzt klar: Die Wissenschaftler messen die Wirkung von Globuli und allem anderen stets an zufällig ausgewählten Individuen, denen sie getrennt voneinander in zwei unterschiedlichen Testgruppen die zu testenden Heilmittel bzw. reine Placebos verabreichen. Das zufällige Auswählen der Testpersonen gilt als Grundvoraussetzung für saubere Wissenschaft und sauberes Studiendesign. Die Testpersonen haben also nichts miteinander zu tun. Insbesondere befinden sie sich auf verschiedenen Persönlichkeitsentwicklungsstufen nach Loevinger und können als zufällig Ausgewählte kaum in morphische Resonanz treten. Diese morphische Resonanz wird auch nicht durch das Set-up der klinischen Studie erzeugt.

Wie wir aber feststellten, wird die über den Placeboeffekt hinausgehende starke Wirkung der Homöopathie und der Homöophorie im Wesentlichen durch große morphische Resonanz erzielt. Die morphische Resonanz entsteht besonders in einer Selbsthilfegruppe, in einer Patientengemeinschaft eines charismatischen Therapeuten oder in einer Anhängerschaft eines berühmten Schamanen – unter Gleichgesinnten und gleich hoch Entwickelten. Man denke über die gigantischen Innovationserfolge des »Silicon Valley« nach, die wir ebenfalls mit der segensreichen Wirkung der morphischen Resonanz erklären können.

Kurz: Die Wirkung der morphischen Resonanz wird in einer Gruppe von Menschen erzeugt, nicht etwa in zufällig ausgewählten Versuchspersonen.

Resonanz über morphische Felder ist eine Wirkung, die viele Menschen gemeinsam erzielen, wenn sie Globuli nehmen; diese und auch die Blütenessenzen oder Schüßler-Salze sind aus der genannten Sicht keine Einzelmenschenheilmittel, sondern Heilmittel einer Gruppe, die durch morphische Resonanz verbunden ist. Das aber testet und erforscht die Wissenschaft nicht.

Daher sind alle bisherigen Studien zur Wirksamkeit von Naturheilverfahren irrelevant, weil sie alle am Kern der Sache vorbeigeforscht haben – weil sie eben die Resonanz nicht im Versuchsplan berücksichtigten und so zwangsläufig zu dem Urteil der Unwirksamkeit gelangten. Die Menschen aber, die »Es hilft mir sehr!« behaupten, rufen uns dies aus einem morphischen Feld heraus zu, weil sie meist über einen gemeinsam verehrten charismatischen Arzt, einen Schamanen oder einen Wunderheiler verbunden sind.

Es ist nun die kommende Aufgabe der Wissenschaft, diese Studien im Geiste der Idee der morphischen Resonanz neu aufzulegen. Das wird nicht einfach sein, da statistische Untersuchungen an Einzelpersonen um viele Größenordnungen einfacher sind als solche, die die morphische Resonanz einbeziehen.

Genau dieses Problem macht auch Wirtschaftswissenschaften so erfolglos, deren Experimente und Studien alles aus dem Handeln des isolierten Homo oeconomicus heraus erklären wollen. Auch Wirtschaft lebt von morphischer Resonanz, wie sie etwa bei Modetrends, Veganismus oder dem gleichzeitigen Run auf Innovationen sichtbar wird. Wirtschaftswissenschaftler und Zukunftsforscher, die Betrachtungen der morphischen Resonanz außen vor lassen, sagen Trends deshalb meist falsch voraus. Erfahrene Wirtschaftspraktiker erklären oft achselzuckend, dass an der Börse »alles Psychologie« sei; auch sie sind blind für morphische Resonanz, die über Börsenkurse erzeugt wird und die wiederum die Börsenkurse »macht«. Schauen wir noch auf das Feld der Religion: Dort erzeugt man Resonanz über Gottesdienste, durch das gemeinsame Gebet, durch das gemeinsame Studieren heiliger Schriften, durch das Anbeten von Religionsbegründern. Ebenso sind Kulturen, Subkulturen, Ethnien, Unternehmenskulturen, Fanclubs ohne das Konzept der morphischen Felder kaum zu verstehen. Wir verstehen auch, warum die christlichen Kirchen siechen: Es mangelt an Priesternachwuchs, an gutem sowieso, also an Resonanz. Die nach Jahrzehnten immer noch unverarbeiteten sexuellen Sünden von Priestern zerstören die morphische Resonanz.

Überall dort, wo Resonanz entscheidend »regiert«, muss all solches Erkenntnisstreben in die Irre gehen, das sich mit starrem Blick auf Individuen und Einzelfakten richtet. Wissenschaft tut sich mit der Betrachtung des Einzelnen viel leichter und ist deshalb in der Regel ein Brennglas auf das Beobachtbare und Einzelne. Morphische Resonanz aber wird durch dieses Brennglas nicht gesehen. Daher ist die wissenschaftliche Ratio in der Regel blind. Es gibt viele Gurus, die mystische Erscheinungen berücksichtigen wollen und die sich mit Transzendenz oder Spiritualität abgeben. Sie erkennen wohl, dass die Ratio blind ist, aber sie deuten nur vage einen der Ratio unzugänglichen Raum aus, weil sie eben das Konzept der morphischen

Resonanz nicht kennen. Das aber ist so einfach zu verstehen, dass sie es wahrscheinlich nicht akzeptieren würden. Denn sie sind von der Idee getrieben, dass es prinzipiell Unerklärbares in der Welt geben muss. Das mag stimmen, aber nicht in unserem Fall.

Kurz: Wir würden hier am liebsten gleich selbst die Homöopathie streng wissenschaftlich begründen; leider wissen auch wir keinen schnellen Weg, Experimente zu designen, die die morphische Resonanz inkludieren. Wir stellen hier nur fest: Alle bisherigen Studienergebnisse sind in jedem Fall unbrauchbar und wahrscheinlich falsch, denn sie widersprechen der Evidenz, dass Homöopathie hilft.

Morphische Dissonanz und die Vermeidung von Stigmatisierung

Die Naturheilkunde wird von den herkömmlichen Medizinern der Scharlatanerie bezichtigt, dagegen zürnen die Naturtherapeuten den Medizinern, indem sie sie despektierlich als »Schulmediziner« oder in der Tradition von Hahnemann als »Allopathen« oder noch drastischer als gehorsame Büttel der profitorientierten Pharmaindustrie hinstellen oder gar verachten.

Wir sehen dieselben polaren Phänomene bei Religionskriegen, in der Wirtschaftspolitik (der Markt oder der Staat soll alles regeln) oder in der Erziehung (»drakonisch« gegen »verzärtelnd«). Die jeweiligen Anhänger einer Extremhaltung bestärken sich gegenseitig, indem sie in morphische Resonanz treten. Seit dem Aufkommen des Internets gibt es zunehmend nicht mehr nur zwei Pole, sondern ganz unterschiedliche Communitys oder despektierlich »Filterblasen«, die für sich morphische Felder generieren. Diese verschiedenen Felder stellen sich feindlich zueinander, so wie die Pole des Magnetfeldes, wie Plus und Minus. Die Felder entwickeln Abstoßungseffekte, oder im normalen Sprachgebrauch: Sie stehen sich feindlich gegenüber wie Regierung und Opposition. Die jeweiligen Pole müssten sich nicht prinzipiell feindlich abstoßen, aber sie tun es in der Praxis. Wir wollen sagen:

Zwischen feindlichen Polen bildet sich eine morphische Dissonanz.

Sheldrake, so empfinden wir, könnte dieser Erweiterung seiner revolutionären Gedanken zustimmen.

Wir wollen diesen Begriff hier in dem gegebenen Zusammenhang so gebrauchen:

Das klassische Denken, das sich auf die Betrachtung von Individuen fokussiert, erzeugt in der Menschheit zwei polare morphische Felder, die in Dissonanz stehen: die Gesunden und die Kranken.

Wer schwer krank ist, traut sich kaum, sich zu »outen«. Wer nicht »normal« ist, hält es besser unter der Decke. Die Normalen schätzen es nicht, wenn jemand unnormal ist, was sie mit »auffällig« bezeichnen. Schüler, Mitarbeiter oder Herzarterien sollen »unauffällig« sein. Das Auffällige wird von den Unauffälligen sehr oft stigmatisiert, wie es zum Beispiel lange Zeit bei abweichenden sexuellen Orientierungen geschah.

In dem hier behandelten Kontext gibt es eine sehr starke morphische Dissonanz zwischen der Homöopathie/Homöophorie und der Schulpsychologie/-psychiatrie. Naturheilverfahren wollen die Schmerzen der Seele lindern; Homöophorie will die normale Seele emporheben. Die Menschen eilen in Scharen zur Naturheilkunde, weil sie willkommen sind und die morphische Resonanz sehr schnell als Hoffnung erfahren.

Dagegen gehen sie äußerst ungern und meist nicht freiwillig zum Psychologen. Noch im späten 20. Jahrhundert sagte man unter der Hand: »Er muss zum Irrenarzt.« Und weil das Patienten auch heute noch zu spüren meinen (morphische Dissonanz mit den Gesunden/Normalen), fürchten sie beim Gang zur klassischen Behandlung, für verrückt erklärt zu werden. Im Endeffekt bewirkt diese Dissonanz zum morphischen Feld der Normalen, dass die von ihnen so genannten »Kranken« das Stigma »unheil« oder eben »verrückt« aufgeprägt bekommen.

Mit diesen Begriffen erklären wir Phänomene neu: Menschen gehen nicht gerne zu Ärzten, Psychologen oder gar Psychiatern, weil sie sich durch den Antritt zu einer Behandlung stigmatisiert fühlen. »Du musst zur Therapie!« wird im normalen Sprachgebrauch synonym zu »Mit dir stimmt etwas nicht« verwendet und wird vom Betroffenen subjektiv als entwürdigend wahrgenommen. Das muss nicht so gemeint sein, aber das morphische Feld der Normalen und die Dissonanz zu den Unnormalen stärkt das Stigma.

Menschen halten ihr Leiden oft geheim. Viele gehen nicht zeitig in eine nötige Behandlung, weil ihre Angst vor dem Stigma viel größer ist als jene vor dem Verbleiben im Leiden. Sie wissen nichts von einem Stigma, da drücken sie es so aus: »Es kostet mich zu viel Überwindung.«

Dieses Faktum ist in der Psychologie seit langem bekannt: Die Psychoanalyse »legt uns auf die Couch«, auch damit der Patient nicht Augenkontakt zum Analytiker hat. Diese gewollte Beziehungsvermeidung unterbindet die Bildung eines morphischen Feldes. Es ist kein Wunder, dass der Patient anschließend sogenannten »Widerstand« gegen den Analytiker leistet, weil er nicht von ihm für verrückt erklärt werden möchte. Viele Patienten reagieren unbewusst taktisch emotional auf die Person des Therapeuten (die Wissenschaft spricht von »Übertragung«), sie versuchen zum Beispiel zu erreichen, dass der Therapeut sie gern mag oder sie sogar liebt. Sie streben unbewusst ein morphisches Feld an.

Das sind alles bewusste und unbewusste Taktiken des Patienten gegenüber dem »Irrenarzt«, es sind verzweifelte Versuche, einer Entwürdigung und entsprechenden Stigmatisierung zu entkommen: »Haben Sie schon gehört? Der hat etwas an der Psyche!« Die Patienten der herkömmlichen Psycho-Berufe spüren auch selbst, dass es ein morphisches Feld des »Universums der Gestörten« gibt, aus dem sie ja ausbrechen wollen bzw. in das sie keineswegs hineininterpretiert werden möchten. Sie spüren, dass es ein morphisches Feld der Gesunden gibt, das ihnen die Resonanz verwehren will. Deshalb begütigen die Gesunden per »Depression ist ganz normal, das hat jeder einmal«; aber gerade dieser Satz prägt das Stigma, auch wenn er lieb gemeint ist.

Wir wiederholen: Die Angst vor der Stigmatisierung ist bei den meisten »wissenschaftlichen« Therapien größer als das Leiden selbst. Das macht die anerkannten Verfahren so oft erfolglos, eben weil sie mit einer niederschmetternden Diagnose beginnen. Die Diagnose stellt unerbittlich fest, was am Patienten »nicht stimmt«: »Er hat laut ICD-10-Klassifikation der psychischen Störungen [oder dem DSM-5] folgende Störungsausprägungen innerhalb der Bandbreiten/ Spektren: 1 ..., 2 ..., 3 ...«

Eine solche nüchterne Diagnose bedeutet für den betroffenen Menschen subjektiv eine Entwürdigung; sie stigmatisiert.

Wir haben weit ausgeholt, um einen wichtigen Punkt sonnenklar herauszuheben:

Naturheilverfahren stigmatisieren nicht.

Sie stigmatisieren insbesondere dann nicht, wenn man eben nicht mit einer stigmatisierenden Analyse und Diagnose beginnt. Die entscheidende Idee ist das Begleiten zur Selbstdiagnose.

Selbstdiagnosen stigmatisieren nicht.

Das sei an einem Beispiel erläutert: Der Bachblütenexperte erklärt einem Hilfesuchenden, dass es 38 verschiedene Blütenessenzen gibt, die jeweils gegen ein wohlbestimmtes Leiden wirken. Man könnte dem Patienten die den Blüten entsprechenden 38 Leiden einfach vorlegen und ihn selbst aussuchen lassen, welche Blüte er für die seine halten möchte. Das wäre eine reine Selbstdiagnose und klänge vielleicht zu simpel. Deshalb gibt es für die Honorartherapeuten professionelle Basisfragebögen mit Feststellungen wie »Ich fühle mich minderwertig« oder »Ich kann einfach nicht tough bleiben« oder »Die Verantwortung wächst mir über den Kopf«. Mit jeder dieser Feststellungen korrespondiert eine Bachblüte. Der Therapeut erklärt das Vorgehen, dem Hilfesuchenden nun 38 Fragen zu stellen. Da der Therapeut schon einigermaßen gut einschätzen kann, was dem Patienten fehlen wird, wird er so klug sein, die auf den Patienten wohl zutreffende Blüte nicht gleich zu Anfang zur Sprache zu bringen. Er fragt also zunächst etwas anderes, zum Beispiel: »Fühlen Sie sich im Stich gelassen?« – »Nein.« – »Sehen Sie sich gezwungen, etwas Unangenehmes unbedingt auszuhalten?« – »Nein.« So geht es weiter und weiter, schließlich: »Haben Sie das Gefühl, keinen klaren Gedanken mehr fassen zu können?« – »Ja, es ist wie Panik!« Die lange Aufzählung von möglichen anderen Leiden, die der erleichterte Patient eben nicht hat, und die Anspannung bei der Blütenauswahl lenkt den Patienten ab. Er muss sich nicht »überwinden«, wie beim Psychologen. Er wartet bei den vielen Fragen, ob »endlich« eine auf ihn gemünzt erscheint. Damit wird fast alle Entwürdigungs- oder Stigmatisierungsangst vermieden. Wenn eine Blüte ihm passend erscheint, kann der Therapeut wie im Folgenden leicht nachhaken: »Wir müssen sicher sein, dass unsere Auswahl stimmt, sonst ist die ganze folgende Therapie vollkommen nutzlos.« Das versteht jeder Patient, er beginnt, sich aktiv einzubringen; er leistet keinerlei Widerstand wie beim »Irrenarzt«, mag der so nett sein, wie er will.

Die fühlend geleitete Selbstauswahl des Heilmittels führt zu einer Diagnose ohne Scham, Widerstand und Stigma. Diese Diagnose wird von der Seele angenommen.

Während beim Psychologen lange und schmerzvolle Analyse nötig ist, findet hier der Hilfesuchende (Homöopathie) oder der Erfolgswillige (Homöophorie) quasi beim Durchblättern von Blüten oder Totemtieren zu seiner Wurzel. Das Ergebnis befriedigt ihn sehr; das ist in unserer Praxis oft rührend mitzuerleben.

Indem man nun Hilfesuchende mit »der gleichen Blüte« oder Erfolgswillige mit demselben Krafttier zu Gruppensitzungen einlädt, wie es bei den Weight Watchers oder den Anonymen Alkoholikern sinngemäß geschieht, geht man schnell von der bloßen Einzelfallbetrachtung zum Erzeugen von morphischer Resonanz über. Diese Resonanz kann Berge versetzen!

Wir alle wissen das seit langer Zeit! Schauen Sie nur, wie Supermotivatoren ganze Arenen in einen Rausch versetzen: »We make you number one again!« Da kreischt die Menschenmasse im Taumel einer erzeugten morphischen Resonanz. Und niemand in der resonierenden Masse fühlt sich als Loser stigmatisiert. In morphischer Resonanz fühlen sich Loser nicht als Loser, sie schöpfen Kraft und Hoffnung. Deshalb sind Massenveranstaltungen mit Motivations-Stars so gefragt. [Und wir wissen, dass die Wirkung aufhört, sobald die Verbindung zum morphischen Feld abbricht, also gleich nach der Veranstaltung.]

Morphische Resonanz über Globuli und Wasser

Eine wichtige Form der Erzeugung von morphischer Resonanz ist die Verabreichung von Globuli, Tropfen oder Wassern an Gleichartige, wie es Therapeuten mit vielen Patienten möglich ist. Diese Patienten nehmen zum Beispiel über Globuli Verbindung zu dem entsprechenden morphischen Feld auf, das für die eigentliche Wirkung sorgt.

Wir vermuten, dass die oft in den Medien berichteten Heilungssensationen ihren Grund in zufällig entstandenen morphischen Feldern haben, die von bedeutenden Homöopathen ausgehen, die wie die Supermotivatoren in den Arenen wirken. Je berühmter ein Homöopath ist und je tiefer er verehrt wird, desto größer ist die Möglichkeit zur Bildung von morphischer Resonanz.

Wenn einem Patienten also Globuli aus einem morphischen Feld heraus verabreicht werden, spürt er die Resonanz des ganzen Feldes, die in ihm die erhoffte Wirkung hervorruft. Jede Einnahme von Globuli ist von großem Segen, wenn er seine Seele dem morphischen Feld öffnet und sich mit seiner Wurzel verbindet.

Schauen wir auf ein Beispiel: Ein Patient leidet unter plötzlich einsetzender Hoffnungslosigkeit. Diese wird zum Beispiel mit der Gorse-Bachblüte (»Hoffnungsblüte«) behandelt. Der Patient erkennt, dass er in Hoffnungslosigkeit gerutscht ist, und greift zu den Gorse-Tropfen. Damit verbindet er sich mit dem morphischen Feld, das durch die Blüte erzeugt wird (wenn man die Therapie über morphische Resonanz durchführt, was bei vielen Scharlatanen nicht erwartet werden kann). Die Einnahme der Tropfen verhilft ihm zur Freude. Würde der Patient dagegen Psychopharmaka einnehmen, so fühlte er den Akt des Einnehmens als Eingeständnis seines »Verrücktseins«, als Schmerz des Stigmas: »Es geht schon wieder los, dass mit mir etwas nicht stimmt.«

Morphische Resonanz öffnet, Medizin blockiert.

Schlimmer noch: Weil Pharmaka infolge des Stigma-Schmerzes an Wirkung einbüßen, müssen sie hoch dosiert werden, damit droht eine Abhängigkeit.

All diese Problematiken treten bei der Homöophorie nicht auf. Hier versuchen Menschen, sich weiterzuentwickeln, sie werden dazu bereits zu Beginn von der morphischen Resonanz mitgetragen. Sie spüren, wie Tierblut-Globuli oder andere Mittel der Homöophorie sie innerlich auf ihrem Weg weiterbringen und sie über die Resonanz anstupsen, wenn es auf dem Marsch etwas stockt. Jede behutsame Einnahme auf dem Weg verhilft zu einem positiven Impuls, der Energie gibt, und nicht nur zur Linderung wie bei der Homöopathie. Natürlich bedeutet die Einnahme homöophorischer Tierblut-Globuli nicht automatisch Erfolg beim Aufstieg, der muss erarbeitet werden. Aber sie geben Impulse und die freudige Sicherheit, im morphischen Feld mit anderen Seelen auf der gleichen Stufe verbunden zu sein.

Homöophorie steigert die Vorfreude auf sich selbst

Wie geschrieben, befinden wir uns mitten in der Umsetzung unseres groß angelegten Projektes, der Menschheit zu helfen. Es mag für Außenstehende gewagt erscheinen, dass wir mit unseren Erkenntnissen und deren Beschreibung schon jetzt in die Öffentlichkeit gehen. Die Wichtigkeit der Sache wird das entschuldigen.

Erlauben Sie, dass wir noch einmal kurz ausholen: Es gibt einen äußerst wichtigen Unterschied zwischen der heilenden Homöopathie und der fördernden Homöophorie. Der Patient kommt mit einem Problem zum Homöopathen! Er hat in der Regel eine Krankheit (das äußere Symptom) und fast immer einen seelischen Anlass, der im Hinblick auf Wissenschaftlichkeit und Kostenerstattung von der Schulmedizin nicht behandelt wird. Der Patient bekommt eine Heilbehandlung, bis ... er gesund ist? Nein, er lässt sich so lange behandeln, wie es eine Versicherung bezahlt oder bis ihm das Geld ausgeht. Zu diesem Zeitpunkt ist er meist nicht gesund.

Zur Homöophorie kommen Menschen, die selbst etwas tun wollen, die sich engagieren wollen, um eine hohe Entwicklungsstufe zu erreichen. Alle wollen Meister werden! Dazu sind sie oft zu größtem Aufwand bereit und zählen darauf, dass die Homöophorie ihnen durch morphische Resonanz Flügel verleiht. Nicht der Schmerz, das Leiden und die unklare Angst sind hier die Haupttreiber, sondern die Vorfreude auf sich selbst, die sich erheblich verstärkt, wenn sie in morphischer Resonanz mit anderen erblühen kann. Erst wenn die Vorfreude erlischt, erlahmt die Energie, und der Mensch hat seine höchste Entwicklungsstufe erreicht.

An dieser Stelle lehren wir die Jünger, zufrieden mit sich zu sein. Der Weg war das Ziel.

Bitte lassen Sie diese unsere Erkenntnisse in sich reifen. Wir appellieren an die Vertreter der Pharmazie, an die klassischen Mediziner und Psychologen: Lassen Sie einmal Ihre Angst vor einem grundlegenden Wandel und der Neuorientierung aller Geschäftsmodelle in der Behandlung von Menschen beiseite und schauen Sie auf den Menschen selbst, ganzheitlich in Ihrer Zuneigung.

Wir verstehen Ihre eventuelle Aversion gegen unsere Ansätze. Wir haben mit vielen Seelenheilern gesprochen – mit Bach-Experten, Hahnemann-Gurus, Schüßler-Salze-Anhängern und Granderwasser-Produzenten. Sie nehmen unsere Erkenntnisse rund um morphische Resonanzen nicht an und blocken ab. Sie argumentieren, dass wir keine wissenschaftlichen Grundlagen für die Existenz morphischer Felder vorweisen können, auch keine für die Möglichkeiten, spezifische Informationen ins Wasser zu codieren. Unisono hallt uns entgegen: Es ist nichts streng bewiesen!

Das stimmt, aber das gilt bei ihren Therapien doch auch! Jeder Therapeut der Naturheilkunde hängt an seiner Therapieform, weil sie wirkt und nicht weil sie erklärbar wäre. Gleiches gilt für die Homöophorie. Wir können sie noch nicht vollständig begründen, aber sie wirkt dramatisch stärker als alles bisher Bekannte. Wir könnten aber alle diese klassischen Homöopathie-Richtungen durch unsere Ideen mit morphischer Resonanz erheblich aufwerten, das spüren alle Menschen, die von uns gefördert wurden.

Aber die Vertreter der klassischen Teilideen der nun überholten Homöopathie hängen an ihren engen Glaubenssätzen und wollen nicht zwei Schritte weiter gehen, ja, sie ergrimmen und beginnen uns real zu verfolgen und zu drohen.

Jetzt stehen wir Pioniere da wie einst die Großen, allen voran Hahnemann, Sheldrake und Emoto. Wir stehen vor der Aufgabe, etwas Grundsätzliches im Glaubenskanon der Menschen verändern zu wollen. Wir haben die Anfeindungen gegen die eben Genannten gesehen. Die erste Zeit haben wir fest geglaubt, mit unserer Homöophorie offene Türen einzurennen. Nun, nachdem wir seit zweieinhalb Jahren ohne unseren charismatischen Praani Sangh allein dastehen, wird uns bange.

Ja, es ist schwer zu verstehen. Einerseits ist unsere Entdeckung revolutionär, andererseits ist der Beharrungswille der Menschen so alles erdrückend, weil Homöophorie nicht nur revolutionär, sondern auch disruptiv ist. Wir haben Angst. Wir haben Angst, dass wieder einmal die Kardinäle aller Glaubensrichtungen nicht in unser Fernrohr schauen wollen, so wie einst bei Galileo.

#######Nachtrag+++

Wir machen weiter gewaltige Fortschritte, hier demnächst mehr. Gerade befassen wir uns eingehend mit dem neu entdeckten vierten Aggregatzustand des Wassers. Den hat Gerald Pollak in Washington entdeckt. Wir waren zuerst etwas skeptisch. Es geht darum, dass sich in der Nähe von Oberflächen das Wasser in einer ganz dünnen Schicht (Mikrometer!) völlig rein darstellt und hexagonale Kristallgitter ausbildet. Diese dünne Schicht wird »Exclusion Zone« oder EZ genannt. In dieser Schicht existiert nur Wasser, nichts sonst. Die im Wasser gelösten Stoffe sind hier exkludiert. Nun ist es so, dass der Mensch aus Zellen mit Zellwänden besteht, sodass es im menschlichen Körper ungeheuer viele Oberflächen gibt, die eine EZ ermöglichen. Dort sollten die Botschaften des Wassers sich befinden. Genau dort! Leider sehen wir noch nicht, ob das eine praktische Verbesserung unserer Homöophorie bedeutet. Unser wissenschaftliches Verständnis wird besser, manchmal denken wir aber, dass es eher helfen könnte, wenn Behandelte daran glauben müssten.

#######Nachtrag+++

Die größten morphischen Felder lassen sich erzeugen, wenn man Wirkstoffe homöopathisch in Flüssigkeiten oder Substanzen verdünnt, die sehr viele oder besser möglichst alle Menschen gleichzeitig einnehmen, wenn sie zum Beispiel aus derselben Talsperre Trinkwasser beziehen. Vielleicht lässt sich die Menschheit im Ganzen verbessern, so wie man deren Zähne durch Fluorzusatz im Trinkwasser kräftigt. Dann sind aber die morphischen Resonanzen nicht sehr groß.

Wir denken hierbei an:

- Chemtrails
- Klassische Mineralquellen bzw. zum Beispiel die Coca-Cola-Ursubstanz
- Glutamat
- Blutbanken
- Granderwasser
- Fertige Impfstofflösungen

#######Nachtrag+++

Gerade kam eine Mail. Ein Sender hat einen von uns gefragt, ob er gegen sehr viel Geld allergrößte Mengen an Flüssigkeiten nach der Tierblut-Therapie verschütteln könnte. Der Sender habe davon gehört, dass wir ein Buch geschrieben hätten, das detaillierte Darstellungen zur Tierblut-Therapie enthalte. Ob er das kleine Büchlein hier meint, das den derzeitigen Zwischenstand enthält? Er wollte die Rechte kaufen, Geld würde keine Rolle spielen. Warum will der Interessent das wissen? Er fragte auch, ob wir Erfahrungen mit großen morphischen Feldern hätten.

Ein Imprint der dpunkt.verlag GmbH
Wieblinger Weg 17
69123 Heidelberg
www.polarise.de

1. Auflage 2021
Autor: Praani Sangh
Lektorat: Martin Wohlrab
Copy-Editing: Irina Sehling
Satz: Veronika Schnabel
Herstellung: Stefanie Weidner
Umschlaggestaltung: meerdesguten GmbH
Druckerei: CPI books GmbH, Leck

ISBN:

Print	978-3-949345-16-6
PDF	978-3-949345-17-3
ePub	978-3-949345-18-0
mobi	978-3-949345-19-7

Bibliografische Information der Deutschen Nationalbibliothek
Die Deutsche Nationalbibliothek verzeichnet diese Publikation in der Deutschen Nationalbibliografie; detaillierte bibliografische Daten sind über *www.dnb.de* abrufbar.